汉姆莱脱

（今译为《哈姆雷特》）

【英】莎士比亚 著

朱生豪 译 / 朱尚刚 审订

中国青年出版社

献 辞

谨以此书献给

父亲朱生豪诞辰 100 周年!

——朱尚刚

本书系

朱尚刚先生推荐的

莎士比亚戏剧朱生豪原译本

目 录

出版说明 / VII

《莎剧解读》序（节选）（张可、王元化） / X

莎氏剧集单行本序（宋清如） / XIII

剧中人物 / 1

第一幕 / 3

第一场　　厄耳锡诺；城堡前的露台　/4

第二场　　城堡中的大厅　/12

第三场　　普隆涅斯家中一室　/24

第四场　　露台　/30

第五场　　露台的另一部分　/34

第二幕 / 43

第一场　　普隆涅斯家中一室　/44

第二场　　城堡中一室　/50

第 三 幕 /80

第一场　　城堡中的一室　/81

第二场　　城堡中的厅堂　/90

第三场　　城堡中的一室　/111

第四场　　王后寝宫　/116

第 四 幕 /126

第一场　　城堡中的一室　/127

第二场　　城堡中的另一室　/130

第三场　　同前，另一室　/132

第四场　　丹麦原野　/136

第五场　　厄耳锡诺；城堡中一室　/140

第六场　　同前，另一室　/152

第七场　　同前，另一室　/154

第 五 幕 /163

第一场　墓地　/164

第二场　城堡中的厅堂　/178

附 录　　/198

关于"原译本"的说明　（朱尚刚）/199

译者自序（朱生豪）/202

莎士比亚戏剧朱生豪原译本
珍藏全集

　　"莎士比亚戏剧朱生豪原译本珍藏全集"丛书，其中27部是根据1947年（民国三十六年）世界书局出版、朱生豪翻译的《莎士比亚戏剧全集》（三卷本）原文，四部历史剧（《约翰王》、《理查二世的悲剧》、《亨利四世前篇》、《亨利四世后篇》）是借鉴1954年作家出版社出版、朱生豪翻译的《莎士比亚戏剧集》（十二），同时参考其手稿出版的。

　　朱生豪翻译莎士比亚戏剧以"保持原作之神韵"为首要宗旨。他的译作也的确实现了这个宗旨，以其流畅的译笔、华赡的文采，保持了原作的神韵，传达了莎剧的气派，被誉为翻译文学的杰作，至今仍受到读者的热烈欢迎和学界的高度评价。许渊冲曾评价说，二十世纪我国翻译界可以传世的名译有三部：朱生豪的《莎士比亚全集》、傅雷的《巴尔扎克选集》和杨必的《名利场》。

　　于是，朱生豪译本成为市场上流通最广的莎剧图书，发行量达数千万册。但鲜为人知的是，目前市场上有几十种朱译莎剧的版本，虽然都写着"朱生豪译"，但所依据的大多是人民文学出版社1978年的"校订本"——上世纪60年代初期，人民文学出版社组织一批国内一流专家对朱生豪原译本进行校订和补译，1978年出版成"校订本"——经校订的朱译莎剧无疑是对原译本的改善，但在某种意义上来说，校订者和原译者的思维定式和语言习惯不同，因此经校订后的译文在语言风格的一致性等方面受到了影响，还有学者对某些修改之处也提出存疑，尤其是以"职业翻译家"的思维方式，去校订和补译"文学家翻译"的译本语言，不但改变了朱生豪原译之味道，也可能在一定程度上影响了莎剧"原作之神韵"的保持。

当流行的朱译莎剧都是"被校订"的朱生豪译本时，时下读者鲜知人文校订版和"朱生豪原译本"的差别，错把冯京当马凉，几乎和本色的朱生豪译作失之交臂。因此，近年来不乏有识之士呼吁：还原朱生豪原译之味道，保持莎剧原作之神韵。

中国青年出版社根据朱生豪后人朱尚刚先生推荐的原译版本，对照朱生豪翻译手稿进行审订，还原成能体现朱生豪原译风格、再现朱译莎剧文学神韵的"原译本"系列，让读者能看到一个本色的朱生豪译本（包括他的错漏之处）。

1947 年（民国三十六年），世界书局首次出版朱生豪译的《莎士比亚戏剧全集》时，曾计划先行出版"单行本"系列，朱生豪夫人宋清如女士还为此专门撰写了"单行本序"，后因直接出版了三卷本的"全集"，未出单行本而未采用。2012 年，朱生豪诞辰 100 周年之际，经朱尚刚先生授权，以宋清如"单行本序"为开篇，中国青年出版社"第一次"把朱生豪原译的 31 部莎剧都单独以"原译名"成书出版，制作成"单行本珍藏全集"。

谨以此向"译界楷模"朱生豪 100 周年诞辰献上我们的一份情意！

2012 年 8 月

《莎剧解读》序（节选）

　　我们在翻译中，首先碰到的问题就是评论中所引用的莎士比亚原文，究竟由我们自己翻译出来，还是借用接任已有的翻译。我们决定借用别人的译文。当时译出的莎剧已经不少，译者大多都是名家，但我们毫不迟疑地选择了朱生豪的译本。朱的译本于抗战时期在世界书局出版，装订为三厚册。他翻译此书时，年仅三十多岁。他不顾当时环境艰苦，条件简陋，以极大的毅力和热忱，完成了这项难度极高的巨大工程，真是令人可敬可服。一九五四年，人民文学出版社将它再版重印，分为十二册，文字没有作什么更动，只是将有些剧本的名字改得朴素一点。我们在翻译莎剧评论时，所援引的原著译文就是根据这一版本。当时我见到主持出版社工作的老友适夷，对他说，他办了一件好事。不料后来，出版社却把这一版本停了，改出新的版本。新版本补充了朱生豪未译的几个历史剧，而对朱译的其他各剧，则请人再据原文校改。校改者虽然大多尊重原译，但是在个别文字上也作了不少订正。从个别字汇来看，不能说这些订正不对，校改者所订正的某些字，确实比原译更确切。但从整体来看，还有原译的精神面貌问题，即传神达旨的问题必须加以考虑。拘泥原著每个字的准确性，不一定就更能传达原著的总体精神面貌。相反，有时甚至可能会损害原著的整体精神。我国古代文论中，刘勰有所谓"谨发而易貌"的说法，即是指此。这意思是说，画家倘拘泥于去画人的每根头发，反而是会使人的面貌走样。汤用彤曾说魏晋识鉴在神明。从那时起我国审美趣味十分重视传神达旨。刘知几《史通》区分了貌同心异与貌异心同两种不同的模拟，认为前者为下，后者为上，也是阐明同一道理。过去我们的翻译理论强调直译，这在一定时期（或在纠正不负责任随心所欲的意译之风时）是必要的，但如果强调过头，忽略传神达旨的重要，那也成为另一种一偏之见了。朱译在传神达旨上可以说是首屈一指的，所以我们翻译莎剧评论引用原剧文字时，仍用未经动过的朱译。我们准备这样做也得到了满涛的同意。后来他在翻译中倘遇到莎剧文字，也同样援用一九五四年出的朱译本子。直到后来，我才知道，朱生豪和我少年时代的老师任铭善先生是大学的同学而且友善，二人在校时即同组诗社唱和。有趣的是任先生学的是外文，后来却弃外文而专攻国学；而朱生豪在校时，读的是中文，后来却弃中文而投身莎士比亚的翻译。朱的译文，不仅优美流畅，而且在韵味、音调、气势、节奏种种行文微妙处，莫不令人击节赞赏，是我读到莎剧中译的最好译文，迄今尚无出其右者。

（此部分摘录自歌德等著，张可、王元化译的《莎剧解读》，经王元化家属桂碧清女士特别授权使用。）

莎氏剧集单行本序[①]

盖惟意志坚强，识见卓越之士，为能刻苦淬砺，历艰难而不退，守困穷而不移，然后成其功遂其业。吾于生豪之译莎氏剧本全集，亦不得不云然。余识生豪久，知生豪深，洞悉其译莎剧之始末。且大部之成，余常侍其左右，故每念其沥尽心血，未及完工，竟以身殉，恒不自禁其哀怨之切也。

生豪秀水人，幼具异禀，早失怙恃，性情温和若女子。然意志刚强，识见卓越，平生无嗜好，洁身自爱，不屑略涉非礼，颇有伯夷之风。年十八卒业于邑之秀州中学，入杭州之江大学工国文英文两科，师友皆目为杰出之人才。卒业后于世界书局任英文编辑，每公事毕辄浏览群书，尤嗜诗歌。后乃悉心研究莎氏剧本，从事移植。尝谓莎翁著作足以冠盖千古，超越千古，而我国至今尚无全集之译本，诚足令人齿

---

① 1947年世界书局曾经考虑在出版三卷本的《莎士比亚戏剧全集》前先出系列单行本，为此宋清如女士专门拟写了序。后来世界书局没有出单行本，直接出全集了，这篇序也就没有采用。经朱尚刚先生授权，首次在珍藏版莎士比亚戏剧系列单行本上独家采用。——编者注

冷。余决勉为其难，一洗此耻。其译作之经过，略见于其自序。厥后因用心过度，精神日损而贫困日甚。译事伤其神，国事家事短其气，而孜孜矻矻工作益勤，操心益苦。不幸竟于三十三年六月肺疾加剧，委顿床席，奔走无方，医药不继，终致于十二月廿六日未时谢世，年仅三十又四①。莎剧全集尚缺五本又半，抱志未酬，哀哉痛哉！

生豪喜诗歌，早年著作均失于战火。尝自辑其旧体诗歌，釐为四卷，分歌行、漫越、长短句及译诗，而命之谓《古梦集》。新体诗则有《小溪集》、《丁香集》等。皆于中美日报馆被占时失去。今所存仅少数新诗耳。

自致力译莎工作以后，绝少写作。良以莎翁作品使之心醉神往，反觉己之粗疏浅陋，不能自惬于怀。尝拟于莎剧全集译竣而后，再译莎翁十四行诗。不意大业未就，遽而弃世。才人命蹇，诚何痛惜！生豪于中国诗人中，酷爱渊明，盖其恬淡之性，殊多同趣也。至于译笔之优劣短长，自有公论，余不欲以偏见淆其面目也。

---

① 朱生豪生于1912年2月（阴历为壬子年12月），1944年12月去世，去世时是32周岁，但若按阴历虚岁计算的话，就是34岁。——编者注

剧中人物

克劳迪斯——丹麦国王

汉姆莱脱——前王之子，今王之侄

福丁勃拉斯——挪威王子

霍拉旭——汉姆莱脱之友

普隆涅斯——御前大臣

勒替斯——其子

伏底曼特

考尼力斯

罗森克兰滋 ——朝士

基腾史登

奥斯力克

玛昔勒斯

勃那陀 ——军官

弗兰西斯科——兵士

雷瑙陀——普隆涅斯之仆

英国使臣

众伶人

二小丑——掘坟墓者

葛特露——丹麦王后，汉姆莱脱之母

莪菲莉霞——普隆涅斯之女

贵族，贵妇，军官，兵士，教士，

水手，使者，及侍从等

汉姆莱脱父亲的鬼魂

地点

厄耳锡诺

第一幕

清晨披着赤褐色的外衣，
已经踏着那边东方高山
上的露水走过来了。

第一场　厄耳锡诺；城堡前的露台

【弗兰西斯科立台上守望。勃那陀自对面上。

勃　　那边是谁？

弗　　不，你先回答我；站住，告诉我你是什么人。

勃　　国王万岁！

弗　　勃那陀吗？

勃　　正是。

弗　　你来得很准时。

勃　　现在已经打过十二点钟；你去睡吧，弗兰西斯科。

弗　　谢谢你来替换了我；天冷得利害，我心里也老大不
　　　舒服。

勃　　你守在这儿，一切都很安静吗？

弗　　一只小老鼠也不见走动。

勃　　好，晚安！要是你碰见霍拉旭和玛昔勒斯，我的守
　　　夜的伙伴们，就叫他们赶紧一点来。

弗　　我想我听见他们的声音。喂，站定！那边是谁？

【霍拉旭及玛昔勒斯上。

霍　都是自己人。

玛　丹麦王的臣民。

弗　祝你们晚安!

玛　啊! 再会,正直的军人! 谁替换了你?

弗　勃那陀代替我值班。祝你们晚安! (下)

玛　喂! 勃那陀!

勃　喂,——啊! 霍拉旭也来了吗?

霍　这儿有一个他。

勃　欢迎,霍拉旭! 欢迎,好玛昔勒斯!

玛　什么! 这东西今晚又出现过了吗?

勃　我还没有瞧见什么。

玛　霍拉旭说那不过是我们的幻想。我告诉他我们已经
　　两次看见这一个可怕的怪象,他总是不肯相信;所
　　以我请他今晚也来陪我们守一夜,要是这鬼再出来,
　　就可以证明我们并没有看错,还可以叫他对它说几
　　句话。

霍　嘿,嘿,它不会出现的。

勃　先请坐下;虽然你一定不肯相信我们的故事,我们

还是要把我们这两夜来所看见的情形再向你絮渎一遍。

霍　好，我们坐下来，听听勃那陀怎么说。

勃　昨天晚上，当那照耀在旗竿西端的天空的明星正在向它现在吐射光辉的地方运行的时候，玛昔勒斯跟我两个人，那时候钟刚敲了一点，——

玛　住声！不要说下去；瞧，它又来了！

【鬼上。

勃　正像已故的国王的模样。

玛　你是有学问的人，对它说话去，霍拉旭。

勃　它的样子不像已故的国王吗？看好，霍拉旭。

霍　像得很；它使我心里充满了恐怖和惊奇。

勃　它希望我们对它说话。

玛　你去问它，霍拉旭。

霍　你是什么鬼物，胆敢僭窃丹麦先王神武的雄姿，在这样深夜的时分出现？凭着上天的名义，我命令你说话！

玛　　它生气了。

勃　　瞧，它悄悄地去了！

霍　　不要去！说呀，说呀！我命令你，快说！（鬼下）

玛　　它去了，不愿回答我们。

勃　　怎么，霍拉旭！你在发抖，你的脸色这样惨白。这
　　　不是幻想吧？你有什么高见？

霍　　当着上帝的面前，倘不是我自己的眼睛向我证明，
　　　我再也不会相信这样的怪事。

玛　　它不像我们的国王吗？

霍　　正像你就是你自己一样。它身上的那副战铠，正就
　　　是他讨伐野心的挪威那时候所穿的；它脸上的那副
　　　怒容，活像他有一次在一场激烈的争辩中，把那些
　　　波兰人打倒在冰上那时候的神气。怪事怪事！

玛　　前两次他也是这样不先不后地在这个静寂的时辰，
　　　用军人的步态走过我们的眼前。

霍　　我不知道究竟应该怎样想法；可是大概推测起来，
　　　这恐怕预兆着我们国内将要有一番非常的变故。

玛　　好吧，坐下来。谁要是知道的，请告诉我，为什么
　　　我们要有这样森严的戒备，使全国的军民每夜不得

安息；为什么每天都在制造铜炮，还要向国外购买战具；为什么赶造这许多船只，连星期日也不停止工作；这样夜以继日的辛苦忙碌，究竟将要有什么事情发生呢？谁能够告诉我？

霍　我可以告诉你；至少一般人都是这样传说。刚才他的形像还向我们出现的那位已故的王上，你们知道，曾经接受骄矜好胜的挪威的福丁勃拉斯的挑战；在那一次决斗中间，我们的勇武的汉姆莱脱，——他的英名是举世称颂的，——把福丁勃拉斯杀死了；按照双方根据法律和武士精神所订立的协定，福丁勃拉斯要是战败了，除了他自己的生命以外，必须把他所有的一切土地拨归胜利的一方；同时我们的王上也提出相当的土地作为赌注，要是福丁勃拉斯得胜了，就归他没收占有，正像在同一协定上所规定的，他失败了汉姆莱脱可以把他的土地没收占有一样。现在要说起那位福丁勃拉斯的儿子，他生得一副烈火也似的性格，已经在挪威的四境招集了一群无赖之徒，供给他们衣食，驱策他们去干冒险的勾当；他的唯一的目的我们的当局看得很清楚，无非是要用武力和强迫性的条件，夺回他父亲所丧失的土地。照我所知道的，这就是我们种种准备的主要动机，我们这样戒备的唯一原因，也是全国所以这样慌忙骚乱的缘故。

勃　　我想正是为了这一个缘故。我们那位王上在过去和目前的战乱中间，都是一个主要的角色，所以无怪他的武装的形像要向我们出现示警了。

霍　　那是扰乱我们心灵之眼的一点微尘。从前在富强繁盛的罗马，当那雄才大略的裘力斯该撒驾崩以前不久的时候，披着殓衾的死人都从坟墓里出来，在街道上啾啾鬼语，拖着火尾喷着血露的星辰在白昼殒落，支配潮汐的月亮被吞蚀得像一个没有起色的病人；这一类预报重大变故的朕兆，在我们国内也已经屡次见到了。可是不要响！瞧！瞧！它又来了！

【鬼重上。

霍　　我要挡住它的去路，即使它会害我。不要去，幻象！要是你会开口，对我说话吧；要是我有可以为你效劳之处，使你的灵魂得到安息，那么对我说话吧；

要是你预知祖国的命运，靠着你的指示，也许可以及时避免未来的灾祸，那么对我说话吧！或者你在生前曾经把你搜括得来的财宝埋藏在地下，我听见人家说，鬼魂往往在他们藏金的地方徘徊不散，（鸡啼）要是有这样的事，你也对我说吧；不要去，说呀！拦住它，玛昔勒斯。

玛　　要不要用我的戟子打它？

霍　　好的，要是它不肯站定。

勃　　它在这儿！

霍　　它在这儿！　（鬼下）

玛　　它去了！我们不该用暴力对待这样一个尊严的亡魂；因为它是像空气一样不可侵害的，我们无益的打击不过是恶意的徒劳。

勃　　它正要说话的时候，鸡就啼了。

霍　　于是它就像一个罪犯听到了可怕的召唤似的惊跳起来。我听人家说，报晓的雄鸡用它高锐的啼声，唤醒了白昼之神，一听到它的警告，那些在海里，火里，地下，空中，到处浪游的有罪的灵魂，就一个个钻回各自的巢窟里去；这句话现在已经证实了。

玛　　它在鸡啼的时候隐去。有人说我们的救主将要诞生
　　　以前，这报晓的鸟儿彻夜长鸣；那时候，他们说，
　　　没有一个鬼魂可以出外行走，夜间的空气非常清净，
　　　没有一颗星用毒光射人，没有一个神仙用法术迷人，
　　　妖巫的符咒也失去了力量，一切都是圣洁而美好的。

霍　　我也听人家这样说过，倒有几分相信。可是瞧，清
　　　晨披着赤褐色的外衣，已经踏着那边东方高山上的
　　　露水走过来了。我们也可以下班了。照我的意思，
　　　我们应该把我们今夜看见的事情告诉年青的汉姆莱
　　　脱；因为凭着我的生命起誓，这一个鬼魂虽然对我
　　　们不发一言，见了他一定有话要说。你们以为按着
　　　我们的忠心和责任说起来，是不是应当让他知道这
　　　件事情？

玛　　很好，我们决定去告诉他吧；我知道今天在什么地
　　　方最容易找到他。（同下）

第二场　城堡中的大厅

【国王，王后，汉姆莱脱，普隆涅斯，勒替斯，伏底曼特，考尼力斯，群臣，侍从等上。

王　　虽然我们亲爱的王兄汉姆莱脱新丧未久，我们的心里应当充满了悲痛，我们全国都应当表示一致的哀悼，可是我们凛于后死者责任的重大，不能不违情逆性，一方面固然要用适度的悲哀纪念他，一方面也要为自身的利害着想；所以在一种悲喜交集的情绪之下，让幸福和忧郁分据了我的两眼，殡葬的挽歌和结婚的笙乐同时并奏，用盛大的喜乐抵销沉重的不幸，我已经和我旧日的长嫂，当今的王后，这一个多事之国的共同的统治者，结为夫妇；这一次婚姻事先曾经征求各位的意见，多承你们诚意的赞助，这是我必须向大家致谢的。现在我要告诉你们知道，年青的福丁勃拉斯看轻了我们的实力，也许他以为自从我们亲爱的王兄崩逝以后，我们的国势

已经瓦解，所以挟着他的从中取利的梦想，不断向
我们书面要求把他的父亲依法割让给我们英勇的王
兄的土地归还。这是他一方面的说话。现在要讲到
我们的态度，和今天召集各位来此的目的。我们的
对策是这样的：我这儿已经写好了一封信给挪威国
王，年青的福丁勃拉斯的叔父，他因为卧病在床，
不会与闻他侄子的企图，在信里我请他注意他的侄
子擅自在国内征募丁壮，训练士卒，积极进行各种
准备的事实，要求他从速制止他的进一步的行动；
现在我就派遣你，考尼力斯，还有你，伏底曼特，
替我把这封信送去给挪威老王，除了训令上所规定
的条件以外，你们不得僭用你们的权力，和挪威成
立逾越范围的妥协。你们赶紧就去吧，再会！

考、伏　　我们敢不尽力执行陛下的旨意。

王　　我相信你们的忠心；再会！（伏、考同下）现在，
勒替斯，你有什么话说？你对我说你有一个请求；
是什么请求，勒替斯？只要是合理的事情，你向丹
麦王说了，他总不会不答应你。你还有什么要求，
勒替斯，是我不曾在你没有开口以前就自动给了你

的？丹麦王室和你父亲的关系，正像头脑之于心灵一样密切；丹麦国王乐意为你父亲效劳，正像嘴里所说的话，可以由双手去执行一样。你要些什么，勒替斯？

勒　陛下，我要请求您允许我回到法国去。这一次我回国参加陛下加冕的盛典，略尽臣子的微忱，实在是莫大的荣幸；可是现在我的任务已尽，我的心愿又向法国飞驰，但求陛下开恩允许。

王　你父亲已经答应了你吗？普隆涅斯怎么说？

普　陛下，我却不过他几次三番的恳求，已经勉强答应他了；请陛下放他去了吧。

王　好好利用你的时间，勒替斯，尽情发挥你的才能吧！可是来，我的侄儿汉姆莱脱，我的孩子，——

汉　（旁白）超乎寻常的亲族，漠不相干的路人。

王　为什么愁云依旧笼罩在你的身上？

汉　不，陛下；我已经在太阳里晒得太久了。

后　好汉姆莱脱，脱下你的黑衣，对你的父王应该和颜悦色一点；不要老是垂下了眼皮，在泥土之中找寻你的高贵的父亲。你知道这是一件很普通的事情，活着的人谁都要死去，从生存的空间踏进了永久的宁静。

汉　嗯，母亲，这是一件很普通的事情。

后　既然是很普通的，那么你为什么瞧上去好像老是这样郁郁于心呢？

汉　好像，母亲！不，是这样就是这样，我不知道什么"好像"不"好像"。好妈妈，我的墨黑的外套，礼俗上规定的丧服，勉强吐出来的叹气，像滚滚江流一样的眼泪，悲苦沮丧的脸色，以及一切仪式，外表，和忧伤的流露，都不能表示出我的真实的情绪。这些才真是给人瞧的，因为谁也可以做作成这种样子。它们不过是悲哀的装饰和衣服；可是我的郁结的心事却是无法表现出来的。

王　汉姆莱脱，你这样孝思不匮，原是你天性中纯笃过人之处；可是你要知道，你的父亲也曾失去过一个父亲，那失去的父亲自己也失去过父亲；那后死的儿子为了尽他的孝道起见，必须有一个时期服丧守制，然而固执不变的哀伤，却是一种逆天背理的愚行，不是堂堂男子所应有的举止；它表显出一个不肯安于天命的意志，一个经不起艰难痛苦的心，一个缺少忍耐的头脑，和一个简单愚昧的理性。既然我们知道那是无可避免的事，无论谁都要遭遇到同样的经验，那么我们为什么要这样固执地把它介介于怀呢？嘿！那是对上天的罪戾，对死者的罪戾，也是违反人情的罪戾；在理智上它是完全荒谬的，因为从第一个死了的父亲起，直到今天死去的最后一个父亲为止，理智永远在呼喊，"这是无可避免的"。我请你抛弃了这种无益的悲伤，把我当作你的父亲；因为我要让全世界知道，你是王位的直接的继承者，我要给你尊荣和恩宠，不亚于一个最慈爱的父亲之于他的儿子。至于你要回到威登堡去继续求学的意思，那是完全违反我们的愿望的；请你听从我的劝告，不要离开这里，在朝廷上领袖群臣，做我们最密近的国亲和王儿，使我们因为每天能够看见你而心生快慰。

后　不要让你母亲的祈求全归无用，汉姆莱脱；请你不要离开我们，不要到威登堡去。

汉　我将要勉力服从您的意见，母亲。

王　啊，那才是一句有孝心的答复；你将在丹麦享有和我同等的尊荣。御妻，来。汉姆莱脱这一种自动的顺从使我非常高兴；为了表示庆祝起见，今天丹麦王每一次举杯祝饮的时候，都要放一响高入云中的祝炮，让上天应和着地上的雷鸣，发出欢乐的回声来。（除汉外均下）

汉　啊，但愿这一个太坚实的肉体会融解，消散，化成一堆露水！或者那永生的真神不曾制定禁止自杀的律法！上帝啊！上帝啊！人世间的一切在我看来是多么可厌，陈腐，乏味，而无聊！哼！哼！那是一个荒芜不治的花园，长满了恶毒的莠草。想不到居然会有这种事情！刚死了两个月！不，两个月还不满！这样好的一个国王，比起这一个来，简直是天神和丑怪；这样爱我的母亲，甚至于不愿让天风吹痛了她的脸庞。天上和地下！我必须记着吗？嘿，她会偎倚在他的身旁，好像吃了美味的食物，格外促进了食欲一般；可是，只有一个月的时间，我不能再想下去了！脆弱啊，你的名字就是女人！短短的一个月以前她哭得像个泪人儿似的，送我那可怜的父亲下葬；她在送葬的时候所穿的那双鞋子现在还没有破旧，她就，她就，——上帝啊！一头没有理性的畜生也要悲伤得长久一些，——她就嫁给我的叔父，我的父亲的弟弟，可是他一点不像我的父亲，正像我一点不像赫邱利斯一样。只有一个月的时间，她那流着虚伪之泪的眼睛还没有消去它们的红肿，她就嫁了人了。啊，罪恶的匆促，这样迫不及待地钻进了乱伦的衾被，那不是好事，也不会有好结果；可是碎了吧，我的心，因为我必须嗓住我的嘴！

【霍拉旭，玛昔勒斯，勃那陀同上。

霍　　祝福，殿下！

汉　　我很高兴看见你身体康健，霍拉旭。

霍　　我也是这样，殿下；我永远是您的卑微的仆人。

汉　　不，你是我的好朋友；我愿意和你朋友相称。你怎么不在威登堡，霍拉旭？玛昔勒斯！

玛　　殿下，——

汉　　　我很高兴看见你。（向勃）午安，朋友。——可是你究竟为什么离开威登堡？

霍　　　无非是偷闲躲懒罢了，殿下。

汉　　　我不愿听见你的仇敌说这样的话，你也不能用这样的话刺痛我的耳朵，使它相信你对你自己所作的诽谤；我知道你不是一个偷闲躲懒的人。可是你在厄耳锡诺有什么事？趁着你未去之前，我们要陪你痛饮几杯哩。

霍　　　殿下，我是来参加您的父王的葬礼的。

汉　　　请你不要取笑，我的同学；我想你是来参加我的母后的婚礼的。

霍　　　真的，殿下，这两件事情相去得太近了。

汉　　　这是一举两便的办法，霍拉旭！葬礼中剩下来的残羹冷炙，正好宴请婚筵上的宾客。霍拉旭，我宁愿在天上遇见我的最痛恨的仇人，也不愿看到那样的一天！我的父亲，我仿佛看见我的父亲。

霍　　　啊，在什么地方，殿下？

汉　　　在我的心灵的眼睛里，霍拉旭。

霍　　　我曾经见过他一次；他是一位很好的君王。

汉　　他是一个堂堂男子；整个儿的说起来，我再也见不到像他那样的人了。

霍　　殿下，我想我昨天晚上看见他。

汉　　看见谁？

霍　　殿下，我看见您的父王。

汉　　我的父王！

霍　　不要吃惊，请您静静地听我把这件奇事告诉您，这两位可以替我做见证。

汉　　看在上帝的分上，讲给我听。

霍　　这两位朋友，玛昔勒斯和勃那陀，在万籁俱寂的午夜守望的时候，曾经连续两夜看见一个自顶至踵全身甲胄，像您父亲一样的人形，在他们的面前出现，用庄严而缓慢的步伐走过他们的身边。当着他们惊奇骇愕的眼前，他三次步行过去，他手里所握的鞭杖可以碰得到他们的身上；他们吓得几乎浑身都瘫痪了，只是呆立着不动，一句话也没有对他说。怀着惴惧的心情，他们把这件事悄悄地告诉了我，我就在第三夜陪着他们一起守望；正像他们所说的一样，那鬼魂又出现了，出现的时间和他的形状，证实了

他们的每一个字都是正确的。我认识您的父亲；那

鬼魂是那样酷肖他的生前，我这两手也不及他们彼

此的相似。

汉　可是这是在什么地方？

玛　殿下，就在我们守望的露台上。

汉　你有没有对它说话？

霍　殿下，我说的，可是它没有回答我；不过有一次我

觉得它好像抬起头来，像要开口说话似的，可是就

在那时候，晨鸡高声啼了起来，它一听见鸡声，就

很快地隐去不见了。

汉　这很奇怪。

霍　凭着我的生命起誓，殿下，这是真的；我们认为按

着我们的责任，应该让您知道这件事。

汉　不错，不错，朋友们；可是这件事情很使我迷惑。

你们今晚仍旧要去守望吗？

玛、勃　　是，殿下。

汉　你们说他穿着甲胄吗？

玛、勃　　是，殿下。

汉　从头到脚？

玛、勃　　从头到脚，殿下。

汉　　那么你们没有看见他的脸吗？

霍　　啊，见的，殿下；他的脸甲是掀起的。

汉　　怎么，他瞧上去像在发怒吗？

霍　　他的脸上悲哀多于愤怒。

汉　　他的脸色是惨白的还是红红的？

霍　　非常惨白。

汉　　他把眼睛注视着你吗？

霍　　他直盯着我瞧。

汉　　我希望我也在那边。

霍　　那一定会使您骇愕万分。

汉　　多分会的，多分会的。它停留得长久吗？

霍　　大概有一个人用不快不慢的速度从一数到一百的那
段时间。

玛、勃　　还要长久一些，还要长久一些。

霍　　我看见他的时候，不过是这么久。

汉　　他的胡须是斑白的吗？

霍　　是的，正像我在他生前看见的那样，乌黑的胡须里
略有几根变成白色。

汉　　我今晚也要守夜去；也许它还会出来。

霍　　我可以担保它一定会出来。

汉　　要是它借着我的父王的形貌出现，即使地狱张开嘴
　　　来，叫我不要作声，我也一定要对它说话。要是你
　　　们到现在还没有把你们所看见的告诉别人，那么我
　　　要请求你们大家继续保持沉默；无论今夜发生什么
　　　事情，都请放在心里，不要在口舌之间泄漏出来。
　　　我一定会报答你们的忠诚。好，再会；今晚十一点
　　　钟到十二点钟之间，我要到露台上来看你们。

众　　我们愿意为殿下尽忠。

汉　　让我们彼此保持着不渝的交情；再会！（霍、玛、
　　　勃同下）我父亲的灵魂披着甲胄！事情有些不妙；
　　　我恐怕这里面有奸人的恶计。但愿黑夜早点到来！
　　　静静地等着吧，我的灵魂；罪恶的行为总有一天发
　　　现，虽然地上所有的泥土把它们遮掩。（下）

第三场 普隆涅斯家中一室

【勒替斯及莪菲莉霞上。

勒　我的需要物件已经装在船上，再会了；妹妹，在好风给人方便，路上没有阻碍的时候，不要贪睡，让我听见你的消息。

莪　你还不相信我吗？

勒　对于汉姆莱脱和他的调情献媚，你必须把它认作一时的感情冲动，一朵初春的紫罗兰，早熟而易凋，馥郁而不能持久，一分钟的芬芳和喜悦，如此而已。

莪　不过是如此吗？

勒　不过如此；因为像新月一样逐渐饱满的人生，不仅是肌肉和体格的成长，而且随着身体的发展，精神和心灵也同时扩大。也许他现在爱你，他的真诚的意志是纯洁而不带欺诈的；可是你必须留心，他有这样高的地位，他的意志并不属于他自己，因为他自己也要被他的血统所支配；他不能像一般庶民一样为自己选择，因为他的决定足以影响到整个国本的安危，他是全身的首脑，他的选择必须得到各部分肢体的同意；所以要是他说，他爱你，你可以相信他在他的地位之上，也许会把他的说话见之行事，可是那必须以丹麦的公意给他赞许为限。你再想一想要是你用过于轻信的耳朵倾听他的歌曲，让他攫走了你的心，在他的狂妄的渎求之下打开了你的宝贵的童贞，那时候你的名誉将要蒙受多大的损失。留心，莪菲莉霞，留心，我的亲爱的妹妹，不要放纵你的爱情，不要让欲望的利箭把你射中。一个自爱的女郎不应该向月亮显露她的美貌；圣贤也不能逃避谗口的中伤；春天的草木往往还没有吐放它们的蓓蕾，就被蛀虫蠹蚀；朝露一样晶莹的青春，常常会受到罡风的吹打。所以留心着吧，戒惧是最安全的方策；即使没有旁人的诱惑，少年的血气也要向他自己叛变。

莪 我将要记住你这段很好的教训，让它看守着我的心。可是，我的好哥哥，你不要像有些坏牧师一样，指点我上天去的险峻的荆棘之途，自己却在花街柳巷流连忘返，忘记了自己的箴言。

勒　　啊！不要为我担心。我耽搁得太久了；可是我的父
亲来了。

【普隆涅斯上。

勒　　两重的祝福是双倍的恩荣；第二次的告别是格外可
喜的。

普　　还在这儿，勒替斯！上船去，上船去，真好意思！
风息在帆顶上，人家都在等着你哩。好，我为你祝
福！还有几句教训，希望你铭刻在记忆之中：不要
想到什么就说什么，凡事必须三思而行。对人要和
气，可是不要过分狎昵。相知有素的朋友，应该用
钢圈箍住在你的灵魂上，可是不要对每一个泛泛的
新知滥施你的交情。留心避免和人家争吵；可是
万一争端已起，就应该让对方知道你不是可以轻侮
的。倾听每一个人的意见，可是只对极少数人发表
你自己的意见；接纳每一个人的批评，可是保留你
自己的判断。尽你的财力购制贵重的衣服，可是不

要炫新立异，必须富丽而不浮艳，因为服装往往可以表现人格；法国的名流要人，在这一点上是特别注重的。不要向人告贷，也不要借钱给人；因为债款放了出去，往往不但丢了本钱，而且还失去了朋友；向人告贷的结果容易养成因循懒惰的习惯。尤其要紧的，你必须对你自己忠实；正像有了白昼才有黑夜一样，对自己忠实，才不会对别人欺诈。再会；让我的祝福使你记住这一番话！

勒　　父亲，我告别了。

普　　时候不早了；去吧，你的仆人都在等着。

勒　　再会，莪菲莉霞，记住我对你说的话。

莪　　你的话已经锁在我的记忆里，那钥匙你替我保管着吧。

勒　　再会！（下）

普　　莪菲莉霞，他对你说些什么话？

莪　　回父亲的话，我们刚才谈起汉姆莱脱殿下的事情。

普　　嗯，这是应该考虑一下的。听说他近来常常跟你在一起，你也从来不拒绝他的求见；要是果然有这种事，——人家这样告诉我，也无非是叫我注意的意

思，——那么我必须对你说，你还没有懂得你做了
我的女儿，按照你的身分，应该怎样留心你自己的
行动。究竟在你们两人之间有些什么关系？老实告
诉我。

莪　　父亲，他最近曾经屡次向我表示他的爱情。

普　　爱情！呸！你讲的话完全像是一个不曾经历过这种
危险的不懂事的女孩子。你相信他的那种你所说的
表示吗？

莪　　父亲，我不知道我应该怎样想才好。

普　　好，让我来教你；你应该这样想，你是一个小孩子，
把这些假意的表示当作了真心的奉献。你应该把你
自己的价值抬高一些。

莪　　父亲，他向我求爱的态度是很光明正大的。

普　　嗯，他的态度；很好，很好。

莪　　而且，父亲，他差不多用尽一切指天誓日的神圣的
盟约，证实他的言语。

普　　嗯，这些都是捕捉愚蠢的山鹬的圈套。我知道在热
情燃烧的时候，一个人无论什么盟誓都会说出口来；
这些火焰，女儿，是光多于热的，一下子就会光销

焰灭，因为它们本来是虚幻的，你不能把它们当作真火看待。从现在起，你还是少露一些你的女儿家的脸；你应该自高身价，不要让人家以为你是可以随意呼召的。对于汉姆莱脱殿下，你应该这样想，他是个年青的王子，他比你在行动上有更大的自由。总而言之，莪菲莉霞，不要相信他的盟誓，因为它们都是诱人堕落的鸨媒，用庄严神圣的辞令，掩饰淫邪险恶的居心。我的言尽于此，简单一句话，从现在起，我不许你跟汉姆莱脱殿下谈一句话。你留点儿神吧；进去。

莪　我一定听从您的话，父亲。（同下）

第四场　露台

【汉姆莱脱，霍拉旭，及玛昔勒斯上。

汉　　风吹得人怪痛的，这天气真冷。

霍　　是很凛冽的寒风。

汉　　现在是什么时候了？

霍　　我想还不到十二点。

玛　　不，已经打过了。

霍　　真的？我没有听见；那么鬼魂出现的时候快要到了。

　　　（内喇叭奏花腔，及鸣炮声）这是什么意思，殿下？

汉　　王上今晚大宴群臣，作通宵的醉舞；每次他喝下了

　　　一杯葡萄美酒，铜鼓和喇叭便吹打起来，欢祝万寿。

霍　　这是向来的风俗吗？

汉　　嗯，是的。可是我虽然从小就熟习这种风俗，却也

　　　不是常常举行的。这一种酗酒纵乐的风俗，使我们

　　　在东西各国受到许多诽毁；他们称我们为酒徒醉汉，

　　　用下流的污名加在我们头上，使我们各项伟大的成

就都因此而大为减色。在个人方面也常常是这样，
有些人因为身体上长了丑陋的黑痣，——这本来是
天生的缺陷，不是他们自己的过失，——或者生就
一种令人侧目的怪癖，虽然他们此外还有许多纯洁
优美的品性，可是为了这一个缺点，往往会受到世
人的歧视。

【鬼上。

霍　　　瞧，殿下，它来了！

汉　　　天使保佑我们！不管你是一个善良的灵魂或是万恶
的妖魔，不管你带来了天上的和风或是地狱中的罡
风，不管你的来意好坏，因为你的形状是这样和蔼
可亲，我要对你说话；我要叫你汉姆莱脱，君王，
父亲！尊严的丹麦先王，啊，回答我！不要让我在
无知的蒙昧里抱恨终天；告诉我为什么你的长眠的
骸骨不安窀穸，为什么安葬着你的遗体的坟墓张开
它的沉重的大理石的两颚，把你重新吐放出来。你
这已死的尸体这样全身甲胄，出现在月光之下，使

黑夜变得这样阴森，使我们这些为造化所玩弄的愚人充满了不可思议的恐怖，究竟是什么意思呢？说，这是为了什么？你要我们怎样？（鬼向汉招手）

霍　它招手叫您跟着它去，好像它有什么话要对您一个人说似的。

玛　瞧，它用很有礼貌的举动，招呼您到一个僻远的所在去；可是别跟它去。

霍　千万不要跟它去。

汉　它不肯说话；我还是跟它去。

霍　不要去，殿下。

汉　嗨，怕什么呢？我把我的生命看得不值一枚针；至于我的灵魂，那是跟它自己同样永生不灭的，它能够把它加害？它又在招手叫我前去了；我要跟它去。

霍　殿下，要是它把您诱到潮水里去，或者把您领到下临大海的峻峭的悬崖之巅，在那边它现出了狰狞的化形，使您丧失理智，变成疯狂，那可怎么好呢？您想，无论什么人一到了那样的地方，望着下面千仞的峭壁，听见海水奔腾的怒吼，即使没有别的原因，也会吓得心惊胆裂的。

汉　　它还是在向我招手。去吧，我跟着你。

玛　　您不能去，殿下。

汉　　放下你们的手！

霍　　听我们的劝告，不要去。

汉　　我的运命在高声呼喊，使我全身每一根微细的血管
　　　都变得像怒狮的筋骨一样坚硬。（鬼招手）它仍旧
　　　在招我去。放开我，朋友们；（挣脱二人之手）凭
　　　着上天起誓，谁要是拉住了我，我要叫他变成一个
　　　鬼！走开！去吧，我跟着你。（鬼及汉同下）

霍　　幻想占据了他的头脑，使他不顾一切。

玛　　让我们跟上去；我们不应该服从他的话。

霍　　那么去吧。这种事情会引出些什么结果来呢？

玛　　丹麦国里恐怕有些不可告人的坏事。

霍　　上天的意旨支配一切。

玛　　不，我们还是跟上去。（同下）

第五场　露台的另一部分

【鬼及汉姆莱脱上。

汉　　你要领我到什么地方去？说；我不愿再前进了。

鬼　　听我说。

汉　　我在听着。

鬼　　我的时间快要到了，我必须再回到硫黄的烈火里去
　　　受煎熬的痛苦。

汉　　唉，可怜的亡魂！

鬼　　不要可怜我，你只要留心听着我将要告诉你的话。

汉　　说吧；我在这儿听着。

鬼　　你听了以后，必须替我报仇。

汉　　什么？

鬼　　我是你父亲的灵魂，因为生前孽障未尽，被判在晚
　　　间游行地上，白昼忍受火焰的烧灼，必须经过相当
　　　的时期，等生前的过失被火焰净化以后，方才可以
　　　脱罪。可是我不能违犯禁令，泄漏我的狱室中的秘

密；我可以告诉你一个故事，它的最轻微的一句话，都可以使你魂飞魄散，使你年青的血液凝冻成冰，使你的双眼像脱了轨道的星球一样向前突出，你的纠结的卷发根根分开，像愤怒的豪猪身上的刺毛一样森然耸立；可是这一种永恒的神秘，是不能向血肉的凡耳宣示的。听着，听着，啊，听着！要是你曾经爱过你的亲爱的父亲，——

汉　　上帝啊！

鬼　　你必须替他报复那逆伦惨恶的杀身的仇恨。

汉　　杀身的仇恨！

鬼　　杀人是重大的罪恶；可是这一件谋杀的惨案，是最骇人听闻而逆天害理的罪行。

汉　　赶快告诉我知道，让我驾着像思想和爱情一样迅速的翅膀，飞去把仇人杀死。

鬼　　我的话果然激动了你；要是你听见了这种事情而漠然无动于中，那你除非比舒散在忘河之滨的蔓草还要冥顽不灵。现在，汉姆莱脱，听我说；一般人都以为我在花园里睡觉的时候，一条蛇来把我螫死，这一个虚构的死状，把丹麦全国的人都骗过了；可

　　是你要知道，好孩子，那毒害你父亲的蛇，头上戴

　　着王冠呢。

汉　啊，果然给我猜到了！我的叔父！

鬼　嗯，那头乱伦的奸淫的畜生，他有的是过人的诡诈，

　　天赋的奸恶，凭着他的阴险的手段，诱惑了我的外

　　表上似乎非常贞淑的王后，满足他的无耻的兽欲。

　　啊，汉姆莱脱，那是一个多么相去悬殊的差异！我

　　的爱情是那样纯洁真诚，始终信守着我在结婚的时

　　候对她所作的盟誓；她却会对一个天赋的才德远不

　　如我的恶人降心相从！可是正像一个贞洁的女子，

　　虽然淫欲罩上神圣的外表，也不能把她煽动一样，

　　一个淫妇虽然和光明的天使为偶，也会有一天厌倦

　　于天上的唱随之乐，而宁愿搂抱人间的朽骨。可是

　　且慢！我仿佛嗅到了清晨的空气；让我把话说得简

　　短一些。当我按照每天午后的惯例，在花园里睡觉

　　的时候，你的叔父乘我不备，悄悄溜了进来，拿着

　　一个盛着毒草汁的小瓶，把一种使人麻痹的药水注

　　入我的耳腔之内，那药性发作起来，会像水银一样

　　很快地流过了全身的大小血管，像酸液滴进牛乳般

地把淡薄而健全的血液凝结起来；它一进入我的身体里，我全身光滑的皮肤上便立刻发生无数疱疹，像害着癞病似的满布着可憎的鳞片。这样我在睡梦之中，被一个兄弟同时夺去了我的生命，我的王冠，和我的王后；甚至于不给我一个忏罪的机会，使我在没有领到圣餐也没有受过临终涂膏礼以前，就一无准备地负着我的全部罪恶去对簿阴曹。可怕啊，可怕！要是你有天性之情，不要默尔而息，不要让丹麦的御寝变成了藏奸养逆的卧榻；可是无论你怎样进行复仇，你的行事必须光明磊落，更不可对你的母亲有什么不利的图谋，让她去受上天的裁判，和她自己内心中的荆棘的刺戳吧。现在我必须去了！萤火的微光已经开始暗淡下去，清晨快要到来了；再会，再会！汉姆莱脱，记着我。（下）

汉　天上的神明啊！地啊！再有什么呢？我还要向地狱呼喊吗？啊，呸！忍着吧，忍着吧，我的心！我的全身的筋骨，不要一下子就变成衰老，支持着我的身体呀！记着你！是的，你可怜的亡魂，当记忆不会从我这混乱的头脑里消失的时候，我会记着你的。

记着你！是的，我要从我的记忆的碑版上，拭去一切琐碎愚蠢的记录，一切书本上的格言，一切陈言套语，一切过去的印象，我的少年的阅历所留下的痕迹，只让你的命令留在我的脑筋的书卷里，不搀杂一些下贱的废料；是的，上天为我作证！啊，最恶毒的妇人！啊，奸贼，奸贼，脸上堆着笑的万恶的奸贼！我的写字版呢？我必须把它写下来：一个人尽管满面都是笑，骨子里却是杀人的奸贼；至少我相信在丹麦是这样的。（写字）好，叔父，我把你写下来了。现在我要记下我的话，那是，"再会，再会！记着我。"我已经发过誓了。

霍　（在内）殿下！殿下！

玛　（在内）汉姆莱脱殿下！

霍　（在内）上天保佑他！

玛　（在内）但愿如此！

霍　（在内）嘿啰，呵，呵，殿下！

汉　嘿啰，呵，呵，孩儿！来，鸟儿，来。

【霍拉旭及玛昔勒斯上。

玛　　怎样，殿下？

霍　　有什么事，殿下？

汉　　啊！奇怪！

霍　　好殿下，告诉我们。

汉　　不，你们会泄漏出去的。

霍　　不，殿下，凭着上天起誓，我一定不泄漏。

玛　　我也一定不泄漏，殿下。

汉　　那么你们说，那一个人会想得到有这种事？可是你
　　　们能够保守秘密吗？

霍、玛　　是，上天为我们作证，殿下。

汉　　在全丹麦从来不曾有那一个奸贼——不是一个十足
　　　的坏人。

霍　　殿下，这样一句话是用不到什么鬼魂从坟墓里出来
　　　告诉我们的。

汉　　啊，对了，你说得有理；所以，我们还是不必多说
　　　废话，大家搀搀手分开了吧。你们可以去照你们自
　　　己的意思干你们自己的事，——因为各人都有各人
　　　的意思和各人的事，——至于我自己，那么我对你

们说我是要去祈祷去的。

霍　　殿下，您这些话好像有些疯疯颠颠似的。

汉　　我的话冒犯了你，真是非常抱歉；是的，我从心底
　　　里抱歉。

霍　　那儿的话，殿下。

汉　　不，凭着圣伯特力克①的名义，霍拉旭，我真是非
　　　常冒犯了你。讲到这一个幽灵，那么让我告诉你们，
　　　它是一个真实的亡魂；你们要是想知道它对我说了
　　　些什么话，我只好请你们暂时不必动问。现在，好
　　　朋友们，你们都是我的朋友，都是学者和军人，请
　　　你们允许我一个卑微的要求。

霍　　是什么要求，殿下？我们一定允许您。

汉　　永远不要把你们今晚所见的事情告诉别人。

霍、玛　　殿下，我们一定不告诉别人。

汉　　不，你们必须宣誓。

霍　　凭着良心起誓，殿下，我决不告诉别人。

① 圣伯特力克（St. Patrick），传说他曾把毒蛇从爱尔兰赶走，被爱尔兰人奉为保护神。——编者注

玛　凭着良心起誓，殿下，我也决不告诉别人。

汉　把手按在我的剑上宣誓。

玛　殿下，我们已经宣誓过了。

汉　那不算，把手按在我的剑上。

鬼　（在下）宣誓！

汉　啊哈！孩儿！你也这样说吗？你在那儿吗，好家伙？
来；你们不听见这个地下的人怎么说吗？宣誓吧。

霍　请您教我们怎样宣誓，殿下。

汉　永不向人提起你们所看见的这一切。把手按在我的
剑上宣誓。

鬼　（在下）宣誓！

汉　又在那边了吗？那么我们换一个地方。过来，朋友
们。把你们的手按在我的剑上，宣誓永不向人提起
你们所听见的这一切。

鬼　（在下）宣誓！

汉　说得好，老鼹鼠！你能够在地底钻得这么快吗？好
一个开路的先锋！好朋友们，我们再来换一个地方。

霍　嗳哟，真是不可思议的怪事！

汉　那么你还是用见怪不怪的态度对待它吧。霍拉旭，

天地之间有许多事情，是你们的哲学里所没有梦想到的呢。可是来，上帝的慈悲保佑你们，你们必须再作一次宣誓：我今后也许有时候要故意装出一副疯疯痴痴的样子，你们要是在那时候看见了我的古怪的举动，切不可像这样交叉着手臂，或者这样颠头摆脑的，或者嘴里说一些吞吞吐吐的词句，例如"呃，呃，我们知道"，或是"只要我们高兴，我们就可以"，或是"要是我们愿意说出来的话"，或是"有人要是怎么怎么"，诸如此类的含糊其辞的话语，表示你们知道我有些什么秘密；你们必须答应我避免这一类言动，上帝的恩惠和慈悲保佑着你们，宣誓吧。

鬼　（在下）宣誓！（二人宣誓）

汉　安息吧，安息吧，受难的灵魂！好朋友们，我用全心的真情，信赖着你们两位；要是在汉姆莱脱的微弱的能力以内，能够有可以向你们表示他的友情之处，上帝在上，我一定不会有负你们。让我们一同进去；请你们记着在无论什么时候都要守口如瓶。这是一个颠倒混乱的时代，唉，倒霉的我却要负起重整乾坤的责任！来，我们一块儿去吧。（同下）

第二幕

在行为上多么像一个天使！
在智慧上多么像一个天神！
宇宙的精华！万物的灵长！

第一场　普隆涅斯家中一室

【普隆涅斯及雷璐陀上。

普　　把这些钱和这封信交给他，雷璐陀。

雷　　是，老爷。

普　　好雷璐陀，你在没有去看他以前，最好先探听探听

　　　他的行为。

雷　　老爷，我本来就有这个意思。

普　　很好，很好，好得很。你先给我调查调查有些什么

　　　丹麦人在巴黎，他们是干什么事情去的，叫什么名

　　　字，有没有钱，住在什么地方，跟那些人作伴，用

　　　度大不大；用这种转弯抹角的方法，要是你打听到

　　　他们也认识我的儿子，你就可以更进一步，表示你

　　　对他也有相当的认识；你可以这样说："我知道他

　　　的父亲和他的朋友，对他也略为有点认识。"你听

　　　着没有，雷璐陀？

雷　　是，我在留心听着，老爷。

普　　"对他也略为有点认识，可是，"你可以说，"不
　　　怎么熟悉，不过假如然是他的话，那么他是个很
　　　放浪的人，有些怎么怎么的坏习惯。"说到这里，
　　　你就可以随便捏造一些关于他的坏话；当然啰，你
　　　不能把他说得太不成样子，那是会损害他的名誉的，
　　　这一点你必须注意；可是你不妨举出一些纨绔子弟
　　　们所犯的最普通的浪荡的行为。

雷　　譬如赌钱，老爷。

普　　对了，或是喝酒，斗剑，赌咒，吵嘴，嫖妓之类，
　　　你都可以说。

雷　　老爷，那是会损害他的名誉的。

普　　不，不，你可以在言语之间说得轻淡一些。你不能
　　　说他公然纵欲，那可不是我的意思；可是你要把他
　　　的过失讲得那么巧妙，让人家听着好像那不过是行
　　　为上的小小的不检，一个血气方刚的少年的一时胡
　　　闹，算不了什么事的。

雷　　可是老爷，——

普　　为什么叫你做这种事？

雷　　是的，老爷，请您告诉我。

普　呃，我的用意是这样的，我相信我可以有这种权利：
你这样轻描淡写地说了我儿子的一些坏话，就像你
提起一件略有污损的东西似的，听着，要是跟你谈
话的那个人，也就是你向他探询的那个人，果然看
见过你所说起的那个少年犯着你刚才所列举的那些
罪恶，他一定会用这样的话对你表示同意："好先
生"，——也许他称你"朋友"，"仁兄"，按照
着各人的身份和各国的习惯。

雷　很好，老爷。

普　然后他就，——他就，——我刚才要说一句什么话？
嗳哟，我正要说一句什么话；我说到什么地方啦？

雷　您刚才说到"用这样的话表示同意"。

普　说到"用这样的话表示同意"，嗯，对了；他会用
这样的话对你表示同意："我认识这位绅士，昨天
我还看见他，或许是前天，或许是什么什么时候，
跟什么什么人在一起，正像您所说的，他在什么地
方赌钱，在什么地方喝得醺醺大醉，在什么地方因
为拍网球而跟人家打起架来"；也许他还会说，"我
看见他走进什么什么的一家生意人家去"，那就是

说窑子或是诸如此类的所在。你瞧，你用说诳的钓饵，就可以把事实的真相诱上你的钓钩；我们有智慧有见识的人，往往用这种旁敲侧击的方法，间接达到我们的目的；你也可以照着我上面所说的那一番话，探听出我的儿子的行为。你懂得我的意思没有？

雷　　老爷，我懂得。

普　　上帝和你同在；再会！

雷　　那么我去了，老爷。

普　　你自己也得留心观察他的举止。

雷　　是，老爷。

普　　叫他用心学习音乐。

雷　　是，老爷。

普　　你去吧！（雷下）

【莪菲莉霞上。

普　　啊，莪菲莉霞！什么事？

莪　　嗳哟，父亲，我吓死了！

普　　凭着上帝的名义，吓什么？

莪　　父亲，我正在房间里缝纫的时候，汉姆莱脱殿下跑
　　　了进来，走到我的面前；他的上身的衣服完全没有
　　　扣上钮子，头上也不戴帽子，他的袜子上沾着污泥，
　　　没有袜带，一直垂到脚踝上；他的脸色像他的衬衫一
　　　样白，他的膝盖互相碰撞，他的神气是那样凄惨，好
　　　像他刚从地狱里逃出来，要向人讲述它的恐怖一样。

普　　他因为不能得到你的爱而发疯了吗？

莪　　父亲，我不知道，可是我想也许是的。

普　　他怎么说？

莪　　他握住我的手腕紧紧不放，拉直了手臂向后退立，
　　　用他的另一只手这样遮在他的额角上，一眼不霎地
　　　瞧着我的脸，好像要把它临摹下来似的。这样经过
　　　了好久的时间，然后他轻轻地摇动一下我的手臂，
　　　他的头上上下下地颠了三颠，于是他发出一声非常
　　　惨痛而深长的叹息，好像他的整个的胸部都要爆裂，
　　　他的生命就在这一声叹息中间完毕似的。然后他放
　　　松了我，转过他的身体，他的头还是向后回顾，好
　　　像他不用眼睛的帮助也能够找到他的路，因为直到

他走出了门外，他的两眼还是注视在我的身上。

普　　跟我来；我要见王上去。这正是恋爱不遂的疯狂；一个人受到这种剧烈的刺激，什么不顾一切的事情都会干得出来。我真后悔。怎么，你最近对他说过什么使他难堪的话没有？

莪　　没有，父亲，可是我已经遵从您的命令，拒绝他的来信，并且不允许他来见我。

普　　这就是使他疯狂的原因。我很后悔看错了人。我以为他不过把你玩弄玩弄，恐怕贻误你的终身；可是我不该这样多疑！正像年青人干起事来，往往不知道瞻前顾后一样，我们这种上了年纪的人，总是免不了鳃鳃过虑。来，我们见王上去。这种事情是不能蒙蔽起来的，要是隐讳不报，也许会闹出乱子来。来。（同下）

第二场　城堡中一室

【国王，王后，罗森克兰滋，基腾史登，及侍从等上。

王　　欢迎，亲爱的罗森克兰滋和基腾史登！这次匆匆召
请你们两位前来，一方面是因为我非常思念你们，
一方面也是因为我有需要你们帮忙的地方。你们大
概已经听到汉姆莱脱的变化；我把它称为变化，因
为无论在外表上或是精神上，他已经和从前大不相
同。除了他父亲的死以外，究竟还有些什么原因，
把他激成了这种疯疯颠颠的样子，我实在无从猜测。
你们从小便跟他在一起长大，素来知道他的脾气，
所以我特地请你们到我们宫庭里来盘桓几天，陪伴
陪伴他，替他解解愁闷，同时乘机窥探他究竟有些
什么秘密的心事，为我们所不知道的，也许一旦公
开之后，我们就可以替他下对症的药饵。

后　　他常常讲起你们两位，我相信世上没有那两个人比
你们更为他所亲信了。你们要是不嫌怠慢，答应在

我们这儿小作勾留，帮助我们实现我们的希望，那么你们的盛情雅意，一定会受到丹麦王室隆重的礼谢的。

罗　我们是两位陛下的臣子，两位陛下有什么旨意，尽管命令我们。像这样言重的话，倒使我们置身无地了。

基　我们愿意投身在两位陛下的足下，两位陛下无论有什么命令，我们都愿意尽力奉行。

王　谢谢你们，罗森克兰滋和善良的基腾史登。

后　谢谢你们，基腾史登和善良的罗森克兰滋。现在我就要请你们立刻去看看我的大大变了样子的儿子。来人，领这两位绅士到汉姆莱脱的地方去。

基　但愿上天加佑，使我们能够得到他的欢心，帮助他恢复常态！

后　阿们！（罗，基，及若干侍从下）

【普隆涅斯上。

普　禀陛下，我们派往挪威去的两位钦使已经喜气洋洋地回来了。

王　　你总是带着好消息来报告我们。

普　　真的吗，陛下？不瞒陛下说，我把我对于我的上帝
　　　和我的宽仁厚德的王上的责任，看得跟我的灵魂一
　　　样重呢。要是我的脑筋还没有出毛病，想到了岔路
　　　上去，那么我想我已经发现了汉姆莱脱发疯的原因。

王　　啊！你说吧，我急着要听呢。

普　　请陛下先接见了钦使；我的消息留着做盛筵以后的
　　　佳果美点吧。

王　　那么有劳你去迎接他们进来。（普下）我的亲爱的
　　　王后，他对我说他已经发现了你的儿子心神不定的
　　　原因。

后　　我想主要的原因还是他父亲的死和我们过于迅速的
　　　结婚。

王　　好，我们可以把他试探试探。

【普隆涅斯率伏底曼特及考尼力斯重上。

王　　欢迎，我的好朋友们！伏底曼特，我们的挪威王兄

怎么说？

伏　　他叫我们向陛下转达他的友好的问候。他听到了我们的要求，就立刻传谕他的侄儿停止征兵；本来他以为这种举动是准备对付波兰人的，可是一经调查，才知道它的对象原来是陛下；他知道此事以后，痛心自己因为年老多病，受人欺罔，震怒之下，传令把福丁勃拉斯逮捕；福丁勃拉斯并未反抗，受到了挪威王一番申斥，最后就在他的叔父面前立誓决不兴兵侵犯陛下。老王看见他诚心悔过，非常欢喜，当下就给他三千克郎的年俸，并且委任他统率他所征募的那些军士，去向波兰人征伐；同时他叫我把这封信呈上陛下，（以书信呈上）请求陛下允许他的军队借道通过陛下的领土，他已经在信里提出若干条件，作为保证。

王　　这样很好，等我们有空的时候，还要仔细考虑一下，然后答复。你们远道跋涉，不辱使命，很是劳苦了，先去休息休息，今天晚上我们还要在一起欢宴。欢迎你们回来！（伏、考同下）

普　　这件事情总算圆满结束了。王上，娘娘，要是我向你们长篇大论地解释君上的尊严，臣下的名分，白昼何以为白昼，黑夜何以为黑夜，时间何以为时间，那不过徒然浪费了昼夜的时间；所以，既然简洁是智慧的灵魂，冗长是肤浅的藻饰，我还是把话说得简单一些吧。你们的那位殿下是疯了；我说他疯了，因为假如要说明什么才是真疯，那么除了说他疯了以外，还有什么话好说呢？可是那也不用说了。

后　　多谈些实际，少弄些玄虚。

普　　娘娘，我发誓我一点不弄玄虚。他疯了，这是真的；惟其是真的，所以才可叹，它的可叹也是真的，——蠢话少说，因为我不愿弄玄虚。好，让我们同意他已经疯了；现在我们就应该求出这一个结果的原因，或者不如说，这一种病态的原因，因为这个病态的结果不是无因而至的。这就是我们现在要做的一步工作。我们来想一想吧。我有一个女儿，——当她还不过是我的女儿的时候，她是属于我的，——难得她一片孝心，把这封信给了我；现在请猜一猜这里面说些什么话。"给那天仙化人的，我的灵魂的偶像，最美丽的莪菲莉霞——"这是一句恶劣的句

子；可是你们听下去吧："让这几行诗句留下在她

的皎洁的胸中，——"

后　　这是汉姆莱脱写给她的吗？

普　　好娘娘，等一等，听我念下去：

"你可以疑心星星是火把；

你可以疑心太阳会移转；

你可以疑心真理是诳话；

可是我的爱永没有改变。

亲爱的莪菲莉霞啊！我的诗写得太坏。我不会用诗

句来抒写我的愁怀；可是相信我，最好的人儿啊！

我最爱的是你。再会！

永远是你的，汉姆莱脱。"

这一封信是我的女儿出于孝顺之心拿来给我看的；

此外，她又把他一次次求爱的情形，在什么时候，

用什么方法，在什么所在，全都讲给我听了。

王　　可是她对于他的爱情抱着怎样的态度呢？

普　　陛下以为我是怎么样的一个人？

王　　一个忠心正直的人。

普　　但愿我能够证明自己是这样一个人。可是假如我看

见这场热烈的恋爱正在进行，——不瞒陛下说，我在我的女儿没有告诉我以前，就早已看出来了，——假如我知道有了这么一回事，却在暗中玉成他们的好事，或者故意视若无睹，假作痴聋，一切不闻不问，那时候陛下的心里觉得怎样？我的好娘娘，您这位王后陛下的心里又觉得怎样？不，我一点儿也不敢懈怠我的责任，立刻我就对我那位小姐说："汉姆莱脱殿下是一位王子，不是你可以仰望的；这种事情不能让它继续下去。"于是我把她教训一番，叫她深居简出，不要和他见面，不要接纳他的来使，也不要收受他的礼物；她听了这番话，就照着我的意思实行起来。说来话短，他受到拒绝以后，心里就郁郁不快，于是饭也吃不下了，觉也睡不着了，他的身体一天憔悴一天，他的精神一天恍惚一天，这样一步步发展下去，就变成现在他这一种为我们大家所悲痛的疯狂。

王　　你想是这个原因吗？

后　　这是很可能的。

普　　我倒很想知道知道，那一次我肯定地说过了"这件事情是这样的"，结果却并不是这样？

王　　照我所知道的，那倒是没有。

普　　要是我说错了话，把这个东西从这个上面拿了下来
　　　吧。（指自己的头及肩）只要有线索可寻，我总会
　　　找出事实的真相，即使那真相一直藏在地球的中心。

王　　我们怎么可以进一步试验试验？

普　　您知道，有时候他会接连几个钟头在这儿走廊里踱
　　　来踱去。

后　　他真的常常这样踱来踱去。

普　　乘他踱来踱去的时候，我就放我的女儿去见他，你
　　　我可以躲在帏幕后面注视他们相会的情形；要是他
　　　不爱她，他的理智不是因为恋爱而丧失，那么不要
　　　叫我襄理国家的政务，让我去做个耕田的农夫吧。

王　　我们要试一试。

后　　可是瞧，这可怜的孩子忧忧愁愁地念着一本书来了。

普　　请两位陛下避一避开；让我走上去招呼他。（王，
　　　后，及侍从等下）

【汉姆莱脱读书上。

普 啊，恕我冒昧。您好，汉姆莱脱殿下？

汉 呃，上帝怜悯世人！

普 您认识我吗，殿下？

汉 认识认识，你是一个卖鱼的贩子。

普 我不是，殿下。

汉 那么我但愿你是一个老实人。

普 老实，殿下！

汉 嗯，先生；在这世上，一万个人中间只不过有一个
老实人。

普 这句话说得很对，殿下。

汉 要是太阳在一头和天神亲吻的死狗尸体上孵育蛆
虫，——你有一个女儿吗？

普 我有，殿下。

汉 不要让她在太阳光底下行走；怀孕是一种幸福，可
是你的女儿要是怀了孕，那可糟了。朋友，留心哪。

普 （旁白）你们瞧，他念念不忘地提着我的女儿；可
是最初他不认识我，他说我是一个卖鱼的贩子。他
的疯病已经很深了，很深了。说句老实话，我在年

青的时候，为了恋爱也曾大发其疯，那样子也跟他差不多哩。让我再去对他说话。——您在读些什么，殿下？

汉 都是些空话，空话，空话。

普 有些什么内容，殿下？

汉 一派诽谤，先生；这个专爱把人讥笑的坏蛋在这儿说着，老年人长着灰白的胡须，他们的脸上满是皱纹，他们的眼睛里黏满着眼屎，他们的头脑是空空洞洞的，他们的两腿是摇摇摆摆的；这些话，先生，虽然我十分相信，可是照这样写在书上，总有些有伤厚道；因为就是拿您先生自己来说，要是您能够像一只蟹一样向后倒退，那么您也应该跟我差不多老了。

普 （*旁白*）这些虽然是疯话，却有深意在内。—— 您要走进里边去吗，殿下？

汉 走进我的坟墓里去。

普 （*旁白*）他的回答有时候是多么深刻！疯狂的人往往能够说出理智清明的人所说不出来的话。我要离开他，立刻就去想法让他跟我的女儿见面。—— 殿下，我要向您告别了。

汉　　先生，那是再好没有的事；但愿我也能够向我的生

　　　命告别，但愿我也能够向我的生命告别，但愿我也

　　　能够向我的生命告别。

普　　再会，殿下。（*欲去*）

汉　　这些讨厌的老傻瓜！

　　　【*罗森克兰滋及基腾史登重上。*

普　　你们要去找汉姆莱脱殿下，那边就是。

罗　　上帝保佑您，大人！（*普下*）

基　　我的尊贵的殿下！

罗　　我的最亲爱的殿下！

汉　　我的好朋友们！你好，基腾史登？啊，罗森克兰滋！

　　　好孩子们，你们两人都好？

罗　　不过像一般庸庸碌碌之辈，在这世上虚度时光而已。

基　　无荣无辱便是我们的幸福；我们不是命运女神帽上

　　　的钮扣。

汉　　也不是她鞋子的底吗？

罗　　也不是，殿下。

汉　　那么你们是在她的腰上，或是在她的怀抱之中吗？

基　　说老实话，我们是在她的私处。

汉　　在命运身上秘密的那部分吗？啊，对了；她本来是
　　　一个娼妓。你们听到什么消息没有？

罗　　没有，殿下，我们只知道这世界变得老实起来了。

汉　　那么世界末日快要到了；可是你们的消息是假的。
　　　让我再问你们一些私人的问题；我的好朋友们，你
　　　们在命运手里犯了什么案子，她把你们送到这儿牢
　　　狱里来了？

基　　牢狱，殿下！

汉　　丹麦是一所牢狱。

罗　　那么世界也是一所牢狱。

汉　　一所很大的牢狱，里面有许多监房囚室；丹麦是一
　　　间最坏的囚室。

罗　　我们倒不是这样想，殿下。

汉　　啊，那么对于你们它并不是牢狱；因为世上的事情
　　　本来没有善恶，都是各人的思想把它们分别出来的；
　　　对于我它是一所牢狱。

罗　　啊，那么因为您的梦想太大，丹麦是个狭小的地方，不够给您发展，所以您把它看成一所牢狱啦。

汉　　上帝啊！倘不是因为我有了恶梦，那么即使把我关在一个果壳里，我也会把自己当作一个拥有着无限空间的君王的。

基　　那种恶梦便是您的野心；因为野心者本身的存在，也不过是一个梦的影子。

汉　　一个梦的本身便是一个影子。

罗　　不错，因为野心是那么空虚轻浮的东西，所以我认为它不过是影子的影子。

汉　　那么我们的乞丐是实体，我们的帝王和大言不惭的英雄，却是乞丐的影子了。我们进宫去好不好？因为我实在不能陪着你们谈玄说理。

罗、基　　　我们愿意伺候殿下。

汉　　没有的事，我不愿把你们当作我的仆人一样看待；老实对你们说吧，在我旁边伺侯我的人太多啦。可是，凭着我们多年的交情，老实告诉我，你们到厄耳锡诺来有什么贵干？

罗　　我们是来拜访您来的，殿下；没有别的原因。

汉　　像我这样一个叫化子，我的感谢也是不值钱的，可
　　　是我谢谢你们；我想，亲爱的朋友们，你们专诚
　　　而来，只换到我的一声不值半文钱的"谢谢"，未
　　　免太不值得了。不是有人叫你们来的吗？果然是你
　　　们自己的意思吗？真的是自动的访问吗？来，不要
　　　骗我。来，来，快说。

基　　叫我们说些什么话呢，殿下？

汉　　无论什么话都行，只要不是废话。你们是奉命而来
　　　的；瞧你们掩饰不了你们良心上的惭愧，已经从你
　　　们的脸色上招认出来了。我知道是我们这位好国王
　　　和好王后叫你们来的。

罗　　为了什么目的呢，殿下？

汉　　那可要请你们指教我了。可是凭着我们朋友间的道
　　　义，凭着我们少年时候亲密的情谊，凭着我们始终
　　　不渝的友好的精神，凭着其他一切更有力量的理由，
　　　让我要求你们开诚布公，告诉我究竟你们是不是奉
　　　命而来的？

罗　　（向基旁白）你怎么说？

汉　　（旁白）好，那么我看透你们的行动了。——要是

你们爱我，别再抵赖了吧。

基 殿下，我们是奉命而来的。

汉 让我代你们说明来意，免得你们泄漏了自己的秘密，有负国王王后的付托。我近来不知为了什么缘故，一点兴致都提不起来，什么游乐的事都懒得过问；在这一种抑郁的心境之下，仿佛支载万物的大地，这一座美好的框架，只是一个不毛的荒岬；覆盖群动的穹苍，这一顶壮丽的帐幕，这一个点缀着金黄色的火球的庄严的屋宇，只是一大堆污浊的瘴气的集合。人类是一件多么了不得的杰作！多么高贵的理性！多么广大的能力！多么优美的仪表！多么文雅的举动！在行为上多么像一个天使！在智慧上多么像一个天神！宇宙的精华！万物的灵长！可是在我看来，这一个泥土塑成的生命算得什么？人类不能使我发生兴趣；不，女人也不能使我发生兴趣，虽然从你的微笑之中，我可以看到你的意思。

罗 殿下，我心里并没有这样的思想。

汉 那么当我说"人类不能使我发生兴趣"的时候，你为什么笑起来？

| 罗 | 我想，殿下，要是人类不能使您发生兴趣，那么那班戏子们恐怕要来自讨一场没趣了；我们在路上追上他们，他们是要到这儿来向您献技的。 |

汉　　扮演国王的那个人将要得到我的欢迎，我要在他的御座之前致献我的敬礼；冒险的武士可以挥舞他的剑盾；情人的叹息不会没有酬报；躁急易怒的角色可以平安下场；小丑将要使那班善笑的观众捧腹；我们的女主角必须坦白诉说她的心事，否则那无韵诗的句子将要脱去板眼。他们是一班什么戏子？

罗　　就是您向来所欢喜的那一个班子，在城里专演悲剧的。

汉　　他们怎么走起江湖来呢？固定在一个地方演戏，在名誉和进益上都要好得多哩。

罗　　我想他们不能在一个地方立足，是为了时势的变化。

汉　　他们的名誉还是跟我在城里那时候一样吗？他们的观众还是那么多吗？

罗　　不，他们现在已经大非昔比了。

汉　　怎么会这样的？他们的演技退落了吗？

罗　　不，他们还是跟从前一样努力；可是，殿下，他们的地位已经被一群羽毛未丰的黄口小儿占夺了去。

这些娃娃们的嘶叫博得了台下疯狂的喝采，他们是目前流行的宠儿，他们的声势压倒了所谓普通的戏班，以至于许多腰佩长剑的悲剧伶人，都因为惧怕批评家鹅毛管的威力，而不敢到那边去。

汉　　什么！是一些童伶吗？谁维持他们的生活？他们的薪工是怎么计算的？他们一到不能唱歌的年龄，就不再继续他们的本行了吗？要是他们攒不了多少钱，长大起来多分还是要做普通戏子的，那时候他们不是要抱怨他们的批评家们不该在从前把他们捧得那么高，结果反而妨碍了他们自己的前途吗？

罗　　真的，两方面闹过不少的纠纷，全国的人都站在旁边恬不为意地呐喊助威，怂恿他们互相争斗。曾经有一个时期，一本脚本非到编剧家和演员争吵得动起武来，是没有人愿意出钱购买的。

汉　　有这等事？

基　　啊！多少人的头都打破了。

汉　　那也没有什么希奇；我的叔父是丹麦的国王，当我父亲在世的时候对他扮鬼脸的那些人，现在都愿意拿出二十，四十，五十，一百块金洋来买他的一幅

小照。哼，这里面有些不是常理可解的地方，要是
哲学能够把它推究出来的话。（内喇叭奏花腔）

基　　这班戏子们来了。

汉　　两位先生，欢迎你们到厄耳锡诺来。把你们的手给
我；按照通行的礼节，我应该向你们表示欢迎。让
我不要对你们失礼，因为这些戏子们来了以后，我
不能不敷衍他们一番，也许你们见了会发生误会，
以为我招待你们还不及招待他们的殷勤。我欢迎你
们；可是我的叔父父亲和婶母母亲可弄错啦。

基　　弄错了什么，我的好殿下？

汉　　天上括着西北风，我才是发疯的；风从南方吹来的
时候，我不会把一头鹰当作了一头鹭鸶。

【普隆涅斯重上。

普　　祝福你们，两位先生！

汉　　听着，基腾史登；你也听着；两人站在我的两边，
听我说：你们看见的那个大孩子，还在襁褓之中，
没有学会走路哩。

罗　也许他是第二次裹在襁褓里，因为人家说，一个老年人是第二次做婴孩。

汉　我可以预言他是来报告我戏子们来了的消息；听好。——你说得不错；在星期一早上；正是正是。

普　殿下，我有消息要来向您报告。

汉　大人，我也有消息要向您报告。当罗歇斯①在罗马演戏的时候。——

普　那班戏子们已经到这儿来了，殿下。

汉　嗤，嗤！

普　凭着我的名誉起誓，——

汉　那时每一个伶人都骑着驴子而来，——

普　他们是全世界最好的伶人，无论悲剧，喜剧，历史剧，田园剧，田园喜剧，田园史剧，历史悲剧，历史田园悲喜剧，不分场的古典剧，或是近代的自由诗剧，他们无不擅场；瑟尼加②的悲剧不嫌其太沉重，帕

---

① 罗歇斯（Roscius），古罗马著名伶人。——译者注
② 瑟尼加（Seneca），帕劳脱斯（Plautus），均为罗马剧作家，前者善写悲剧，后者善写喜剧。——译者注

劳脱斯的喜剧不嫌其太轻浮。无论在规律的或是即
兴的演出方面，他们都是唯一的演员。

汉　以色列的士师耶弗撒①啊，你有一件怎样的宝贝！

普　他有什么宝贝，殿下？

汉　嗨，"他有一个独生娇女，爱她胜过掌上明珠。"

普　（旁白）还是在提着我的女儿。

汉　我念得对不对，耶弗撒老头儿？

普　要是您叫我耶弗撒，殿下，那么我有一个爱如掌珠
　　的娇女。

汉　不，下面不是这样的。

普　那么是应当怎样的呢，殿下？

汉　你去查那原歌的第一节吧。瞧，有人来打断我的谈
　　话了。

【优伶四五人上。

———————

　①耶弗撒（Jephthah）得上帝之助，击败敌人，乃以其女献祭。事见《旧
约·士师记》。——译者注

汉　　　　欢迎，各位朋友，欢迎欢迎！我很高兴看见你们都是这样健好。啊，我的老朋友！你的脸上比我上次看见你的时候，多长了几根胡子，格外显得威武啦；你是要到丹麦来向我挑战吗？啊，我的年青的姑娘！凭着圣母起誓，您穿上了一双高底木靴，比我上次看见您的时候更苗条得多啦；求求上帝，但愿您的喉咙不要沙嗄得像一面破碎的铜锣才好！各位朋友，欢迎欢迎！我们要像法国的猎鹰一样，看见什么就飞扑上去；让我们立刻就来念一段剧词。来，试一试你们的本领，来一段激昂慷慨的剧词。

甲伶　　殿下要听的是那一段？

汉　　　　我曾经听见你向我背诵过一段台词，可是它从来没有上演过；即使上演，也不会有一次以上，因为我记得这本戏并不受大众的欢迎。它是不合一般人口味的鱼子酱；可是照我的意思看来，还有其他在这方面比我更有权威的人也抱着同样的见解，它是一本绝妙的戏剧，场面支配得很是适当，文字质朴而富于技巧。我记得有人这样批评它，说是没有耐人寻味的名言隽句，可是一点不见矫揉造作的痕迹；

他把它称为一种老老实实的写法，兼有刚健与柔和之美，壮丽而不流于纤巧。其中有一段话是我最喜爱的，那就是伊尼亚斯对黛陀讲述的故事，尤其是讲到普赖姆被杀的那一节①。要是你们还没有把它忘记，请从这一行念起；让我看，让我看：—— 野蛮的披勒斯②像猛虎一样，——

不，不是这样；它是从披勒斯开始的：——

野蛮的披勒斯蹲伏在木马之中，

黝黑的手臂和他的决心一样，

像黑夜一般阴森而恐怖；

在这黑暗狰狞的肌肤之上，

现在更染上令人惊怖的纹章，

从头到脚，他全身一片殷红，

溅满了父母子女们无辜的血；

那些燃烧着融融烈火的街道，

---

① 以下所引剧词，叙述特洛埃亡国惨状，大约系莎翁模拟古典剧风之作。普赖姆（Priam），为特洛埃之王。——译者注

② 披勒斯（Pyrrhus），希腊英雄亚契尔斯（Achilles）之子，以骁勇残忍著称。——译者注

发出残忍而惨恶的凶光，

照亮敌人去肆行他们的杀戮，

也焙干了到处横流的血泊；

冒着火焰的熏炙，像恶魔一般，

全身胶黏着凝结的血块，

圆睁着两颗血红的眼睛，

他来往寻找普赖姆老王的踪迹。

你接下去吧。

普　　上帝在上，殿下，您念得好极了，真是抑扬顿挫，

曲尽其妙。

甲伶　那老王正在气喘吁吁，

在希腊人的重围中苦战，

一点不听他手臂的指挥，

他的古老的剑锵然落地；

披勒斯瞧他孤弱可欺，

疯狂似的向他猛力攻击，

凶恶的剑锋上下四方挥舞，

把那心胆俱丧的老翁击倒。

这一下打击有如天崩地裂，

惊动了没有感觉的伊利恩[1]，

冒着火焰的屋顶霎时坍下，

那轰然的巨响像一个霹雳，

震聋了披勒斯的耳朵；瞧！

他的剑还没有砍下普赖姆的

白发的头颅，却已在空中停住；

像一个涂朱抹彩的暴君，

对自己的行为漠不关心，

他兀立不动。

在一场暴风雨未来以前，

天上往往有片刻的宁寂，

一块块乌云静悬在空中，

狂风悄悄地收起它的声息，

死样的沉默笼罩整个大地；

可是就在这片刻之内，

可怕的雷鸣震裂了天空。

---

① 伊利恩（Ilium），特洛埃之别名。——译者注

经过暂时的休止，杀人的暴念

重新激起了披勒斯的精神；

赛克洛普①为战神铸造甲胄，

那巨力的锤击，还不及披勒斯的

流血的剑向普赖姆身上劈下

那样凶狠无情。

去，去，你娼妇一样的命运！

天上的诸神啊！剥去她的权力，

不要让她僭窃神明的宝座；

拆毁她的车轮，把它滚下神山，

直到地狱的深渊。

普　这一段太长啦。

汉　它应当跟你的胡子一起到理发匠那儿去薙一薙。念
下去吧。他只爱听俚俗的歌曲和淫秽的故事，否则
他就要瞌睡的。念下去；下面要讲到赫邱琶②了。

甲伶　可是啊！谁看见那蒙脸的王后，——

---

① 赛克洛普（the Cyclops），传说中之一族独眼巨人。——译者注
② 赫邱琶（Hecuba），特洛埃王普赖姆之后。——译者注

汉　　 "那蒙脸的王后？"

普　　 那很好；"蒙脸的王后"是很好的句子。

甲伶　 满面流泪，在火焰中赤脚奔走，

　　　　 一块布覆在失去宝冕的头上，

　　　　 也没有一件蔽体的衣服，

　　　　 只有在惊惶中抓到的一幅毡巾，

　　　　 裹住她瘦削而多产的腰身；

　　　　 谁见了这样伤心惨目的景象，

　　　　 不要向残酷的命运申申毒詈？

　　　　 她看见披勒斯以杀人为戏，

　　　　 正在把他丈夫的肢体脔割，

　　　　 忍不住大放哀声，那凄凉的号叫，——

　　　　 除非人间的哀乐不能感动天庭，——

　　　　 即使光明的日月也会陪她流泪，

　　　　 诸神的心中都要充满悲愤。

普　　 瞧，他的脸色都变了，他的眼睛里已经含着眼泪！
　　　　 不要念下去了吧。

汉　　 很好，其余的部分等会儿再念给我听吧。大人，请
　　　　 您去找一处好好的地方安顿这一班伶人。听着，他

们是不能怠慢的，因为他们是这一个时代的缩影；宁可在死后得到一首恶劣的墓铭，不要在生前受他们一场刻毒的讥讽。

普　　殿下，我按着他们应得的名分对待他们就是了。

汉　　嗳哟，朋友，还要客气得多哩！要是照每一个人应得的名分对待他，那么谁逃得了一顿鞭子？照你自己的名誉地位对待他们；他们越是不配受这样的待遇，越可以显出你的谦虚有礼。领他们进去。

普　　来，各位朋友。

汉　　跟他去，朋友们；明天我们要听你们唱一本戏。（普偕众伶下，甲伶独留）听着，老朋友，你会演"贡扎古之死"吗？

甲伶　会演的，殿下。

汉　　那么我们明天晚上就把它上演。也许我因为必要的理由，要另外写下约摸有十几行句子的一段剧词插进去，你能够把它预先背熟吗？

甲伶　可以，殿下。

汉　　很好。跟着那位老爷去；留心不要取笑他。（甲伶下）（向罗、基）我的两位好朋友，我们今天晚上再见；

欢迎你们到厄耳锡诺来!

基   再会,殿下! (罗、基同下)

汉   好,上帝和你们同在! 现在我只剩一个人了。啊,
我是一个多么不中用的蠢才! 这一个伶人不过在一
本虚构的故事,一场激昂的幻梦之中,却能够使他
的灵魂融化在他的意象里,在它的影响之下,他的
整个的脸色变成惨白,他的眼中洋溢着热泪,他的
神情流露着仓皇,他的声音是这么呜咽凄凉,他的
全部动作都表现得和他的意象一致,这不是很不可
思议的吗? 而且一点也不为了什么! 为了赫邱芭!
赫邱芭对他有什么相干,他对赫邱芭又有什么相干,
他却要为她流泪? 要是他也有了像我所有的那样使
人痛心的理由,他将要怎样呢? 他一定会让眼泪淹
没了舞台,用可怖的字句震裂了听众的耳朵,使有
罪的人发狂,使无罪的人骇愕,使愚昧无知的人惊
惶失措,使所有的耳目迷乱了它们的功能。可是我,
一个糊涂颟顸的家伙,垂头丧气,一天到晚像在做
梦似的,忘记了杀父的大仇;虽然一个国王给人家
用万恶的手段掠夺了他的权位,杀害了他的最宝贵

的生命，我却始终哼不出一句话来。我是一个懦夫吗？谁骂我恶人？谁敲破我的脑壳？谁拔去我的胡子，把它吹在我的脸上？谁扭我的鼻子？谁当面指斥我胡说？谁对我做这种事？吓！我应该忍受这样的侮辱，因为我是一个没有心肝，逆来顺受的怯汉，否则我早已用这奴才的尸肉，喂肥了四境之内的乌鸢了。嗜血的，荒淫的恶贼！狠心的，奸诈的，淫邪的，悖逆的恶贼！啊！复仇！—— 嗨，我真是个蠢才！我的亲爱的父亲被人谋杀了，鬼神都在鞭策我复仇，我这做儿子的却像一个下流女人似的，只会用空言发发牢骚，学起泼妇骂街的样子来，真是了不得的勇敢！呸！呸！活动起来吧，我的脑筋！我听人家说，犯罪的人在看戏的时候，因为台上表演的巧妙，有时会激动天良，当场供认他们的罪恶；因为暗杀的事情无论干得怎样秘密，总会借着神奇的喉舌泄露出来。我要叫这班伶人在我的叔父面前表演一本跟我的父亲的惨死情节相仿的戏剧，我就在一旁窥察他的神色；我要探视到他的灵魂的深处，要是他稍露惊骇不安之态，我就知道我应该怎么办。

我所看见的幽灵也许是魔鬼的化身，借着一个美好的形状出现，魔鬼是有这一种本领的；对于柔弱忧郁的灵魂，他最容易发挥他的力量；也许他看准了我的柔弱和忧郁，才来向我作祟，要把我引诱到沉沦的路上。我要先得到一些比这更切实的证据；凭着这一本戏，我可以发掘国王内心的隐秘。（下）

第三幕

生存还是毁灭，这是一个值得考虑的问题；默然忍受命运的暴虐的毒箭；或是挺身反抗人世的无涯的苦难。

第一场 城堡中的一室

【国王，王后，普隆涅斯，莪菲莉霞，罗森克兰滋，
及基腾史登上。

王 　　你们不能用迂回婉转的方法，探出他为什么这样神
　　　　思颠倒，让紊乱而危险的疯狂困扰他的安静的生
　　　　活吗？

罗 　　他承认他自己有些神经迷惘，可是绝口不肯说为了
　　　　什么缘故。

基 　　他也不肯虚心接受我们的探问；当我们想要从他嘴
　　　　里知道他自己的一些真相的时候，他总是用假作痴
　　　　呆的神气回避不答。

后 　　他对待你们还客气吗？

罗 　　很有礼貌。

基 　　可是不大出于自然。

罗 　　对于我们的问题力守缄默，可是对我们倒盘问得很
　　　　是详细。

后　你们有没有劝诱他找些什么消遣？

罗　娘娘，我们来的时候，刚巧有一班戏子也要到这儿来，给我们追上了；我们把这消息告诉了他，他听了好像很高兴。现在他们已经到了宫里，我想他今晚就要看他们表演的。

普　一点不错；他还叫我来请两位陛下同去看看他们演得怎样哩。

王　那好极了；我非常高兴听见他在这方面感到兴趣。请你们两位还要更进一步鼓起他的兴味，把他的心思移转到这种娱乐上面。

罗　是，陛下。（罗、基同下）

王　亲爱的葛特露，你也暂时离开我们；因为我们已经暗中差人去唤汉姆莱脱到这儿来，让他和莪菲莉霞见见面，就像是他们偶然相遇的一般。她的父亲跟我两人将要权充一下密探，躲在可以看见他们，却不能被他们看见的地方，注意他们会面的情形，从他的行为上判断他的疯病究竟是不是因为恋爱上的苦闷。

后　我愿意服从您的意旨。莪菲莉霞，但愿你的美貌果然是汉姆莱脱疯狂的原因；更愿你的美德能够帮助他恢复原状，使你们两人都能安享尊荣。

莪　娘娘，但愿如此。（后下）

普　莪菲莉霞，你在这儿走走。陛下，我们就去躲起来吧。

（向莪）你拿这本书去读，他看见你这样用功，就不会疑心你为什么一个人在这儿了。人们往往用至诚的外表和虔敬的行动，掩饰一颗魔鬼般的内心，这样的例子是太多了。

王　（旁白）啊，这句话是太真实了！它在我的良心上抽了多么重的一鞭！涂脂抹粉的娼妇的脸颊，还不及掩藏在虚伪的言辞后面的我的行为更丑恶。难堪的重负啊！

普　我听见他来了；我们退下去吧，陛下。（王及普下）

【汉姆莱脱上。

汉　生存还是毁灭，这是一个值得考虑的问题；默然忍受命运的暴虐的毒箭，或是挺身反抗人世的无涯的苦难，在奋斗中结束了一切，这两种行为，那一种是更勇敢的？死了；睡去了；什么都完了；要是在这一种睡眠之中，我们心头的创痛，以及其他无数血肉之躯所不能避免的打击，都可以从此消失，那正是我们求之不得的结局。死了，睡去了；睡去了也许还会做梦；嗯，阻碍就在这儿：因为当我们摆脱了这一具朽腐的皮囊以后，在那死的睡眠里，究竟将要做些什么梦，那不能不使我们踌躇顾虑。人们甘心久困于患难之中，也就是为了这一个缘故；谁愿意忍受人世的鞭挞和讥嘲，压迫者的凌辱，傲慢者的冷眼，被轻蔑的爱情的惨痛，法律的迁延，官吏的横暴，和微贱者费尽辛勤所换来的鄙视，要是他只要用一柄小小的刀子，就可以清算他自己的一生？谁愿意负着这样的重担，在烦劳的生命的迫压下呻吟流汗，倘不是因为惧怕不可知的死后，那从来不曾有一个旅人回来过的神秘之国，是它迷惑了我们的意志，使我们宁愿忍受目前的磨折，不敢向我们所不知道的痛苦飞去？这样理智使我们全变成了懦夫，决心的赤热的光彩，被审慎的思维盖上了一层灰色，伟大的事业在这一种考虑之下，也会逆流而退，失去了行动的意义。且慢！美丽的莪菲

　　　莉霞！——女神，在你的祈祷之中，不要忘记替我
　　　忏悔我的罪孽。

莪　　我的好殿下，您这许多天来贵体安好吗？

汉　　谢谢你，很好，很好，很好。

莪　　殿下，我有几件您送给我的纪念品，我早就想把它
　　　们还给您；请您现在收回去吧。

汉　　不，我不要；我从来没有给你什么东西。

莪　　殿下，我记得很清楚您把它们送给我，那时候您还
　　　向我说了许多甜蜜的言语，使这些东西格外显得贵
　　　重；现在它们的芳香已经消散，请您拿了回去吧，
　　　因为送礼的人要是变了心，礼物虽贵，也会失去了
　　　价值。拿去吧，殿下。

汉　　哈哈！你贞洁吗？

莪　　殿下！

汉　　你美丽吗？

莪　　殿下是什么意思？

汉　　要是你既贞洁又美丽，那么顶好不要让你的贞洁跟
　　　你的美丽来往。

莪　　殿下，美丽跟贞洁相交，那不是再好没有吗？

汉　　　嗯，真的；因为美丽可以使贞洁变成淫荡，贞洁却未必能使美丽受它自己的感化；这句话从前像是怪诞之谈，可是现在的时世已经把它证实了。我曾经爱过你。

莪　　　真的，殿下，您曾经使我相信您爱我。

汉　　　你当初就不应该相信我，因为美德不能熏陶我们罪恶的本性；我没有爱过你。

莪　　　那么我真是受了骗了。

汉　　　进尼姑庵去吧；为什么你要生养一群罪人出来呢？我自己还不算是一个顶坏的人；可是我可以指出我的许多过失，一个人有了那些过失，他的母亲还是不要生下他来的好。我很骄傲，使气，不安分，还有那么多的罪恶，连我的思想里也容纳不下，我的想像也不能给它们形相，甚至于我没有充分的时间可以把它们实行出来。像我这样的家伙，匍匐于天地之间，有什么用处呢？我们都是些十足的坏人；一个也不要相信我们。进尼姑庵去吧。你的父亲呢？

莪　　　在家里，殿下。

汉　　　把他关起来，让他只好在家里发发傻劲。再会！

莪　嗳哟，天哪！救救他！

汉　要是你一定要嫁人，我就把这一个咒诅送给你做嫁奁：尽管你像冰一样坚贞，像雪一样纯洁，你还是逃不过谗人的诽谤。进尼姑庵去吧，去；再会！或者要是你必须嫁人的话，就去嫁一个傻瓜吧；因为聪明人都明白你们会叫他们变成怎样的怪物。进尼姑庵去吧，去；越快越好。再会！

莪　天上的神明啊，让他清醒过来吧！

汉　我也知道你们会怎样涂脂抹粉；上帝给了你们一张脸，你们又替自己另外造了一张。你们烟行媚视，淫声浪气，替上帝造下的生物乱取名字，卖弄你们不懂事的风骚。算了吧，我再也不敢领教了；它已经使我发了狂。我说，我们以后再不要结什么婚了；已经结过婚的，除了一个人以外，都可以让他们活下去；没有结婚的不准再结婚，进尼姑庵去吧，去。（下）

莪　啊，一颗多么高贵的心是这样陨落了！朝士的眼睛，学者的辩舌，军人的利剑，国家所属望的一朵娇花，时流的明镜，人伦的雅范，举世注目的中心，这样无可挽回地陨落了！我是一切妇女中间最伤心而不幸的，我曾经从他音乐一般的盟誓中吮吸芬芳的甘蜜，现在却眼看着他的高贵无上的理智，像一串美妙的银铃失去了谐和的音调，无比的青春美貌，在疯狂中凋谢！啊！我好苦，谁料过去的繁华，变作今朝的泥土！

【国王及普隆涅斯重上。

王　　恋爱！他的精神错乱不像是为了恋爱；他说的话虽然有些颠倒，也不像是疯狂。他有些什么心事盘据在他的灵魂里，我怕它也许会产生危险的结果。为了防免万一起见，我已经当机立断，决定了一个办法：他必须立刻到英国去，向他们追索延宕未纳的贡物；也许他到海外各国游历一趟以后，时时变换的环境，可以替他排解去这一桩使他神思恍惚的心事。你看怎么样？

普　　那很好；可是我相信他的烦闷的根本原因，还是为了恋爱上的失意。啊，莪菲莉霞！你不用告诉我们汉姆莱脱殿下说些什么话；我们全都听见了。陛下，照您的意思办吧；可是您要是认为可以的话，不妨在戏剧终场以后，让他的母后独自一人跟他在一起，恳求他向她吐露他的心事；她必须很坦白地跟他谈谈，我就找一个所在听他们说些什么。要是她也探听不出他的秘密来，您就叫他到英国去，或者凭着您的高见，把他关禁在一个适当的地方。

王　　就是这样吧；大人物的疯狂是不能听其自然的。

　　（同下）

第二场　城堡中的厅堂

【汉姆莱脱及若干伶人上。

汉　请你念这段剧词的时候，要照我刚才读给你听的那
样子，一个字一个字打舌头上很轻快地吐出来；要
是你也像多数的伶人们一样，只会拉开了喉咙嘶叫，
那么我宁愿叫那传宣告示的公差念我这几行词句。
也不要老是把你的手在空中这么摇挥；一切动作都
要温文，因为就是在洪水暴风一样的感情激发之中，
你也必须取得一种节制，免得流于过火。啊！我顶
不愿意听见一个披着满头假发的家伙在台上乱嚷乱
叫，把一段感情片片撕碎，让那些只爱热闹的下层
观众听出了神，他们中间的大部分是除了欣赏一些
莫明其妙的手势以外，什么都不懂得的。我可以把
这种家伙抓起来抽一顿鞭子，因为他把妥玛刚脱①

---

　①妥玛刚脱（Termagant），传说中残恶凶暴之回教女神。希律（Herod），
耶稣时代统治伽利利之暴君。二者为往时教训剧（Morality）及神迹剧
（Mystery）中常见之角色。——译者注

形容过了分，希律王的凶暴也要对他甘拜下风。请你留心避免才好。

甲伶 我留心着就是了，殿下。

汉 可是太平淡了也不对，你应该接受你自己的常识的指导，把动作和言语互相配合起来；特别要注意到这一点：你不能越过人情的常道；因为不近情理的过分描写，是和演剧的原意相反的，自有戏剧以来，它的目的始终是反映人生，显示善恶的本来面目，给它的时代看一看它自己演变发展的模型。要是表演得过了分或者太懈怠了，虽然可以博外行的观众一笑，明眼之士却要因此而皱眉；你必须看重这样一个卓识者的批评，甚于满场观众盲目的毁誉。啊！我曾经看见有几个伶人演戏，而且也听见有人把他们极口捧场，说一句并不过分的话，他们既不会说基督徒的语言，又不会学着人的样子走路，瞧他们在台上大摇大摆，使劲叫喊的样子，我心里就想一定是什么造化的雇工把他们造了下来，造得这样拙劣，以至于全然失去了人类的面目。

甲伶 我希望我们在这方面已经相当纠正过来了。

汉　　　啊！你们必须彻底纠正这一种弊病。还有你们那些
　　　　扮演小丑的，除了剧本上专为他们写下的台词以外，
　　　　不要让他们临时编造一些话儿加上去。往往有许多
　　　　小丑爱用自己的笑声，引起台下一些无知的观众的
　　　　哄笑，虽然那时候全场的注意力应当集中于其他更
　　　　重要的问题上；这种行为是不可恕的，它表示出那
　　　　丑角的可鄙的野心。去，准备起来吧。（伶人等同下）

　　　　【普隆涅斯，罗森克兰滋，及基腾史登上。

汉　　　啊，大人，王上愿意来听这一本戏吗？

普　　　他跟娘娘都就要来了。

汉　　　叫那些戏子们赶紧点儿。（普下）你们两人也去帮
　　　　着催催他们。

罗、基　　　是，殿下。（罗、基下）

汉　　　喂！霍拉旭！

　　　　【霍拉旭上。

霍　　有，殿下。

汉　　霍拉旭，你是在我所交接的人们中间最正直的一个人。

霍　　啊！殿下，——

汉　　不，不要以为我在恭维你；你除了你的善良的精神以外，身无长物，我恭维了你又有什么好处呢？为什么要向穷人恭维？不，让蜜糖一样的嘴唇去吮舐愚妄的荣华，在有利可图的所在弯下他们生财有道的膝盖来吧。听着。自从我能够辨别是非，察择贤愚以后，你就是我灵魂里选中的一个人，因为你虽然经历一切的颠沛，却不曾受到一点伤害，命运的虐待和恩宠，对于你都是一样；能够把感情和理智调整得那么适当，命运不能把他玩弄于指掌之间，那样的人是有福的。给我一个不为感情所奴役的人，我愿意把他珍藏在我的心坎，我的灵魂的深处，正像我对你一样。这些话现在也不必多说了。今晚我们要在国王面前表演一本戏剧，其中有一场的情节跟我告诉过你的我的父亲的死状颇相仿佛；当那幕戏正在串演的时候，我要请你集中你的全付精神，注视我的叔父，要是他在听到了那一段剧词以后，他的隐藏的罪恶还是不露出一丝痕迹来，那么我们所看见的那个鬼魂一定是个恶魔，我的幻想也就像铁匠的砧石那样黑漆一团了。留心看好他；我也要把我的眼睛看定他的脸上；过后我们再把各人观察到的结果综合起来，替他下一个判断。

霍　　很好，殿下；在这本戏表演的时候，要是他在容色举止之间，有什么地方逃过了我们的注意，请您唯我是问。

汉　　他们来看戏了；我必须装作无所事事的神气。你去拣一个地方坐下。

【奏丹麦进行曲，喇叭吹花腔。国王，王后，普隆涅斯，莪菲莉霞，罗森克兰滋，基腾史登，及余人等上。

王　　你好吗，汉姆莱脱贤侄？

汉　　很好，好极了；我吃的是变色蜥蜴的肉，喝的是充满着甜言蜜语的空气，你们的肥鸡还没有这样的味道哩。

王　　你这种话真是答非所问，汉姆莱脱；我不是那个意思。

汉　　不，我现在也没有那个意思。（向普）大人，您说
　　　　您在大学里念书的时候，曾经演过一回戏吗？

普　　是的，殿下，他们都赞我是一个很好的演员哩。

汉　　您扮演什么角色呢？

普　　我扮的是裘力斯该撒；勃鲁脱斯在裘必脱神殿里把
　　　　我杀死。

汉　　他在神殿里杀死了那么好的一头小牛，真太残忍了。
　　　　那班戏子已经预备好了吗？

罗　　是，殿下，他们在等候您的旨意。

后　　过来，我的好汉姆莱脱，坐在我的旁边。

汉　　不，好妈妈，这儿有一个更迷人的东西哩。

普　　（向王）啊哈！您看见吗？

汉　　小姐，我可以睡在您的怀里吗？

莪　　不，殿下。

汉　　我的意思是说，我可以把我的头枕在您的膝上吗？

莪　　嗯，殿下。

汉　　您以为我在转着下流的念头吗？

莪　　我没有想到，殿下。

汉　　睡在姑娘大腿的中间，想起来倒是很有趣的。

莪   什么，殿下？

汉   没有什么。

莪   您在开玩笑哩，殿下。

汉   谁，我吗？

莪   嗯，殿下。

汉   上帝啊！我不过是给您消遣消遣的。一个人为什么
不说说笑笑呢？您瞧，我的母亲多么高兴，我的父
亲还不过死了两个钟头。

莪   不，已经四个月了，殿下。

汉   这么久了吗？嗳哟，那么让魔鬼去穿孝服吧，我可
要去做一身貂皮的新衣啦。天啊！死了两个月，还
没有把他忘记吗？那么也许一个大人物死了以后，
他的记忆还可以保持半年之久；可是凭着圣母起誓，
他必须造下几所教堂，否则他就要跟那被遗弃的木
马一样，没有人再会想念他了。

【高音笛奏乐。哑剧登场。

【一国王及一王后上，状极亲热，互相拥抱。后跪
地，向王作宣誓状。王扶后起，俯首后颈上。王就
花坪上睡下；后见王睡熟离去。另一人上，自王头
上去冠，吻冠，注毒药于王耳，下。后重上，见王
死，作哀恸状。下毒者率其他二三人重上，伴作陪
后悲哭状。从者舁王尸下。下毒者以礼物赠后，向
其乞爱；后先作憎恶不愿状，卒允其请。（同下）

奥   这是什么意思，殿下？

汉   呃，这是阴谋诡计的意思。

奥   大概这一场哑剧就是全剧的本事了。

【致开场词者上。

汉   这家伙可以告诉我们一切；演戏的都不能保守秘密，
      他们什么话都会说出来。

      开场词：

      这悲剧要是演不好，

      要请各位原谅指教，

小的在这厢有礼了。（致开场词者下）

汉　　这算开场词呢，还是指环上的诗铭？

莪　　它很短，殿下。

汉　　正像女人的爱情一样。

【二伶人扮国王王后上。

伶王　　日轮已经盘绕三十春秋，

那茫茫海水和滚滚地球，

月亮吐耀着借来的晶光，

三百六十回向大地环航，

自从爱把我们缔结良姻，

亥门替我们证下了鸳盟。

伶后　　愿日月继续他们的周游，

让我们再厮守三十春秋！

可是唉，你近来这样多病，

郁郁寡欢，失去旧时高兴，

好教我满心里为你忧惧。

可是，我的主，你不必疑虑；

女人的忧像她的爱一样，

不是太少，就是超过分量；

你知道我爱你是多么深，

所以才会有如此的忧心。

越是相爱，越是挂肚牵胸；

不这样那显得你我情浓？

伶王 爱人，我不久必须离开你，

我的全身将要失去生机；

留下你在这繁华的世界

安享尊荣，受人们的敬爱；

也许再嫁一位如意郎君，——

伶后 啊！我断不是那样薄情人；

我倘忘旧迎新，难邀天恕，

再嫁的除非是杀夫淫妇。

汉 （旁白）苦恼，苦恼！

伶后 妇人失节大半贪慕荣华，

多情女子决不另抱琵琶；

我要是与他人共枕同衾，

怎么对得起地下的先灵！

伶王　我相信你的话发自心田，

可是我们往往自食前言。

志愿不过是记忆的奴隶，

总是有始无终，虎头蛇尾，

像未熟的果子密布树梢，

一朝红烂就会离去枝条。

我们对自己所负的债务，

最好把它丢在脑后不顾；

一时的热情中发下誓愿，

心冷了，那志意也随云散。

过分的喜乐，剧烈的哀伤，

反会毁害了感情的本常。

人世间的哀乐变幻无端，

痛哭一转瞬早换了狂欢。

世界也会有毁灭的一天，

何怪爱情要随境遇变迁；

有谁能解答这一个哑谜，

是境由爱造？是爱逐境移？

失财势的伟人举目无亲；

走时运的穷酸仇敌逢迎。

这炎凉的世态古今一辙：

富有的门庭挤满了宾客；

要是你在穷途向人求助，

即使知交也要情同陌路。

把我们的谈话拉回本题，

意志命运往往背道而驰，

决心到最后会全部推倒，

事实的结果总难符预料。

你以为你自己不会再嫁，

只怕我一死你就要变卦。

伶后　地不要养我，天不要亮我！

昼不得游乐，夜不得安卧！

毁灭了我的希望和信心；

铁锁囚门把我监禁终身！

每一种恼人的飞来横逆，

把我一重重的心愿摧折！

我倘死了丈夫再作新人，

让我生前死后永陷沉沦！

汉　　　要是她现在背了誓！

伶王　　难为你发这样重的誓愿。

　　　　爱人，你且去；我神思昏倦，

　　　　想要小睡片刻。（睡）

伶后　　愿你安睡；

　　　　上天保佑我俩永无灾悔！（下）

汉　　　母亲，您觉得这本戏怎样？

后　　　我想那女人发的誓太重了。

汉　　　啊，可是她会守约的。

王　　　这本戏是怎么一个情节？里面没有什么要不得的地
　　　　方吗？

汉　　　不，不，他们不过开顽笑毒死了一个人；没有什么
　　　　要不得的。

王　　　戏名叫什么？

汉　　　《捕鼠机》。呃，怎么？这是一个象征的名字。戏
　　　　中的故事影射着维也那的一件谋杀案。贡扎古是那
　　　　公爵的名字；他的妻子叫做白普蒂丝姐，您看下去
　　　　就知道是怎么一回事。这是一本很恶劣的作品，可
　　　　是那有什么关系？它不会对您陛下跟我们这些灵魂

清白的人有什么相干；让那有毛病的马儿去惊跳退
缩吧，我们的肩背都是好好儿的。

【一伶人扮琉西安纳斯上。

汉　　这个人叫做琉西安纳斯，是那国王的侄子。

莪　　您很会解释剧情，殿下。

汉　　要是我看见傀儡戏搬演您跟您爱人的故事，我也会
　　　替你们解释的。动手吧，凶手！混账东西，别扮鬼
　　　脸了，动手吧！来；哑哑的乌鸦发出复仇的啼声。

琉　　黑心快手，遇到妙药良机；

　　　趁着没人看见，事不宜迟：

　　　你夜半采来的毒草炼成，

　　　赫凯娣①的咒语念上三巡，

　　　赶快发挥你凶恶的魔力，

　　　让他的生命速归于幻灭。（以毒药注入睡者耳中）

汉　　他为了觊觎权位，在花园里把他毒死。他的名字叫

---

① 赫凯娣（Hecate），黑夜及幽冥之女神。——译者注

贡扎古；那故事原文还存在，是用很好的意大利文

写成的。底下就要做到那凶手怎样得到贡扎古的妻

子的爱了。

莪	王上起来了！
汉	什么！给一场假火吓怕了吗？
后	陛下怎么样啦？
普	不要演下去了！
王	给我点起火把来！去！
众	火把！火把！火把！（除汉、霍外均下）
汉	嗨，让那中箭的母鹿掉泪，

没有伤的公鹿自去游玩；

有的人失眠，有的人酣睡，

世界就是这样循环轮转。

老兄，要是我的命运跟我作起对来，凭着我这样的本

领，再插上满头的羽毛，开缝的靴子上缀上两朵绢花，

你想我能不能在戏班子里插足？

| 霍 | 也许他们可以让您领半额包银。 |
| 汉 | 我可要领全额的。 |

因为你知道，亲爱的台芒，

这一个荒凉破碎的国土

原本是乔武统治的雄邦，

而今王位上却坐着——孔雀。

霍　您该把它押了韵才是。

汉　啊，好霍拉旭！那鬼魂真的没有骗了我。你看见吗？

霍　看见的，殿下。

汉　当那演戏的一提到毒药的时候？

霍　我看得他很清楚。

汉　啊哈！来，奏乐！来，那吹笛子的呢？

要是国王不爱这本喜剧，

那么他多分是不能赏识。

来，奏乐！

【罗森克兰滋及基腾史登重上。

基　殿下，允许我跟您说句话。

汉　好，你对我讲全部历史都可以。

基　殿下，王上——

汉　嗯，王上怎么样？

基　　他回去以后，非常不舒服。

汉　　喝醉酒了吗？

基　　不，殿下，他在动脾气。

汉　　你应该把这件事告诉他的医生，才算你的聪明；因
　　　　为叫我去替他诊视，恐怕反而更会激动他的脾气的。

基　　好殿下，请您说话检点些，别这样拉扯开去。

汉　　好，我是听话的，你说吧。

基　　您的母后心里很难过，所以叫我来。

汉　　欢迎得很。

基　　不，殿下，这一种礼貌是用不到的。要是您愿意给
　　　　我一个好好的回答，我就把您母亲的意旨向您传达；
　　　　不然的话，请您原谅我，让我就这么回去，我的事
　　　　情算是完了。

汉　　我不能。

基　　您不能什么，殿下？

汉　　我不能给你一个好好的回答，因为我的脑子已经坏
　　　　了；可是我所能够给你的回答，你——我应该说我
　　　　的母亲，——可以要多少有多少。所以别说废话，
　　　　言归正传吧；你说我的母亲——

罗　　她这样说：您的行为使她非常惊愕。

汉　　啊，好儿子，居然会叫一个母亲吃惊！可是在这母
　　　亲的惊愕的后面，还有些什么话说？说吧。

罗　　她请您在就寝以前，到她房间里去跟她谈谈。

汉　　即使她是我的十个母亲，我也一定服从她。你还有
　　　什么别的事情？

罗　　殿下，我曾经蒙您错爱。

汉　　凭着我这双扒儿手起誓，我现在还是欢喜你的。

罗　　好殿下，您心里这样不痛快，究竟是为了什么原因？
　　　要是您不肯把您的心事告诉您的朋友，那恐怕会累
　　　您自己失去自由的。

汉　　我不满足我现在的地位。

罗　　怎么！王上自己已经亲口把您立为王位的继承者了，
　　　您还不能满足吗？

汉　　嗯，可是"草儿青青，——"这句老古话也有点儿
　　　发了霉啦。

【乐工等持笛上。

汉　　啊！笛子来了；拿一枝给我。跟你们退后一步说话；
　　　为什么你们这样千方百计地窥探我的隐私，好像一
　　　定要把我逼进你们的圈套？

基　　啊！殿下，要是我有太冒昧放肆的地方，那都是因
　　　为我对于您的忠诚太激切了。

汉　　我不大懂得你的话。你愿意吹吹这笛子吗？

基　　殿下，我不会吹。

汉　　请你吹一吹。

基　　我真的不会吹。

汉　　请你不要客气。

基　　我真的一点不会，殿下。

汉　　那是跟说谎一样容易的；你只要用你的手指按着这
　　　些笛孔，把你的嘴放在上面一吹，它就会发出最好
　　　听的音乐来。瞧，这些是音栓。

基　　可是我不会从它里面吹出谐和的曲调来；我没有懂
　　　得它的技巧。

汉　　哼，你把我看成了什么东西！你会玩弄我；你自以
　　　为摸得到我的心窍；你想要探出我的内心的秘密；
　　　你会从我的最低音试到我的最高音；可是在这枝小

小的乐器之内，藏着绝妙的音乐，你却不会使它发出声音来。哼，你以为玩弄我比玩弄一枝笛子容易吗？无论你把我叫作什么乐器，我是不让你把我玩弄的。

【普隆涅斯重上。

汉　　上帝祝福你，先生！

普　　殿下，娘娘请您立刻就去见她说话。

汉　　你看见那片像骆驼一样的云吗？

普　　嗳哟，它真的像一头骆驼。

汉　　我想它还是像一头鼬鼠。

普　　它拱起了背，正像是一头鼬鼠。

汉　　还是像一条鲸鱼吧？

普　　很像一条鲸鱼。

汉　　那么等一会儿我就去见我的母亲。（旁白）我给他们愚弄得再也忍不住了。（高声）我等一会儿就来。

普　　我就去这么说。（下）

汉　　等一会儿是很容易说的。离开我，朋友们。（除汉外均下）现在是一夜之中最阴森的时候，鬼魂都在此刻从坟墓里出来，地狱也要向人世吐放疠气；现在我可以痛饮热腾腾的鲜血，干那白昼所不敢正视的残忍的行为。且慢！我还要到我母亲那儿去一趟。心啊！不要失去你的天性之情，永远不要让尼罗①的灵魂潜入我这坚定的胸怀；让我做一个凶徒，可是不要做一个逆子。我要用利剑一样的说话刺痛她的心，可是决不伤害她身体上一根毛发；我的舌头和灵魂要在这一次学学伪善者的样子，无论在言语上给她多么严厉的谴责，在行动上却要做得丝毫不让人家指摘。（下）

---

① 尼罗（Nero），古罗马暴君。——译者注

第三场　城堡中的一室

【国王，罗森克兰滋，及基腾史登上。

王　　我不欢喜他；纵容他这样疯闹下去，对于我是一个
　　　很大的威胁。所以你们快去准备起来吧；我马上就
　　　可以发表明令，派遣你们两人护送他到英国去。就
　　　我的地位而论，他的疯狂每小时都可以危害我的
　　　安全，我不能让他留在我的近旁。

基　　我们就去准备起来；许多人的安危都寄托在陛下身
　　　上，这一种顾虑是最圣明不过的。

罗　　每一个庶民都知道怎样远祸全身，一身负天下重寄
　　　的人，尤其应该刻刻不懈地防备危害的袭击。君主
　　　的薨逝不仅是个人的死亡，它像一个漩涡一样，凡
　　　是在它近旁的东西，都要被它卷去同归于尽；又像
　　　一个矗立在最高山峰上的巨轮，它的轮辐上连附着
　　　无数的小物件，当巨轮轰然崩裂的时候，那些小物
　　　件也跟着它一齐粉碎。国王的一声叹气，总是随着

全国的呻吟。

王　　　请你们准备立刻出发；因为我们必须及早制止这一
　　　　种公然的威胁。

罗、基　　我们就去赶紧预备。（罗、基同下）

【普隆涅斯上。

普　　　陛下，他到他母亲房间里去了。我现在就去躲在帏
　　　　幕后面，听他们怎么说。我可以断定她一定会把他
　　　　好好教训一顿。您说得很不错，母亲对于儿子总有
　　　　几分偏心，所以最好有一个第三者躲在旁边偷听他
　　　　们的谈话。再会，陛下；在您未睡以前，我还要来
　　　　看您一次，把我所探听到的事情告诉您。

王　　　谢谢你，贤卿。（普下）啊！我的罪恶的戾气已经
　　　　上达于天；我的灵魂上负着一个元始以来最初的咒
　　　　诅，杀害兄弟的暴行！我不能祈祷，虽然我的愿望
　　　　像决心一样强烈；我的更坚强的罪恶击败了我的坚
　　　　强的意愿。像一个人同时要做两件事情，我因为不
　　　　知道应该先从什么地方下手而徘徊歧途，结果反弄

得一事无成。要是这一只可咒诅的手上染满了一层比它本身还厚的兄弟的血，难道天上所有的甘霖，都不能把它洗涤得像雪一样洁白吗？慈悲的使命，不就是宽宥罪恶吗？祈祷的目的，不是一方面预防我们的堕落，一方面救拔我们于已堕落之后吗？那么我要仰望上天；我的过失已经消灭了。可是唉！那一种祈祷才是我所适用的呢？"求上帝赦免我的杀人重罪"吗？那不能，因为我现在还占有着那些引起我的犯罪动机的目的物，我的王冠，我的野心，和我的王后。非分攫取的利益还在手里，就可以幸邀宽恕吗？在这贪污的人世，罪恶的镀金的手也许可以把公道推开不顾，暴徒的赃物往往就是枉法的贿赂；可是天上却不是这样的，在那边一切都无可遁避，任何行动都要显现它的真相，我们必须当面为我们自己的罪恶作证。那么怎么办呢？还有什么法子好想呢？试一试忏悔的力量吧。什么事情是忏悔所不能做到的？可是对于一个不能忏悔的人，它又有什么用呢？啊，不幸的处境！啊，像死亡一样黑暗的心胸！啊，越是挣扎，越是不能脱身的胶住

了的灵魂！救救我，天使们！试一试吧：弯下来，
顽强的膝盖；钢丝一样的心弦，变得像新生之婴的
筋肉一样柔嫩吧！但愿一切转祸为福！（退后跪祷）

【汉姆莱脱上。

汉　　他现在正在祈祷，我正好动手；我决定现在就干，
　　　让他上天堂去，我也算报了仇了。不，那还要考虑
　　　一下：一个恶人杀死我的父亲；我，他的独生子，
　　　却把这个恶人送上天堂。啊，这简直是以恩报怨了。
　　　他用卑鄙的手段，在我父亲罪孽方中的时候乘其不
　　　备地把他杀死；虽然谁也不知道在上帝面前，他的
　　　生前的善恶如何相抵，可是照我们一般的推想，他
　　　的业债多分是很重的。现在他正在洗涤他的灵魂，
　　　要是我在这时候结果了他的性命，那么天国的路是
　　　为他开放着，这样还算是复仇吗？不！收起来，
　　　我的剑，等候一个更惨酷的机会吧；当他在酒醉
　　　以后，在愤怒之中，或是在荒淫纵欲的时候，在
　　　赌博，咒骂，或是其他邪恶的行为的中间，我就

要叫他颠踬在我的脚下，让他幽深黑暗不见天日
的灵魂永堕地狱。我的母亲在等我。这一服续命
的药剂不过延长了你临死的痛苦。（下）

【国王起立上前。

王　　我的言语高高飞起，我的思想滞留地下；没有思想
　　　的言语永远不会上升天界。（下）

第四场　王后寝宫

【王后及普隆涅斯上。

普　　他就要来了。请您把他着实教训一顿，对他说他这种狂妄的态度，实在叫人忍无可忍，倘没有您娘娘替他居中回护，王上早已对他大发雷霆了。我就悄悄地躲在这儿。请您对他讲得着力一点。

汉　　（在内）母亲，母亲，母亲！

后　　都在我身上，你放心吧。退下去，我听见他来了。

（普匿帏后）

【汉姆莱脱上。

汉　　母亲，您叫我有什么事？

后　　汉姆莱脱，你已经大大得罪了你的父亲啦。

汉　　母亲，您已经大大得罪了我的父亲啦。

后　　来，来，不要用这种胡说八道的话回答我。

汉　　去，去，不要用这种胡说八道的话问我。

后　　啊，怎么，汉姆莱脱！

汉　　现在又是什么事？

后　　你忘记我了吗？

汉　　不，凭着十字架起誓，我没有忘记你；你是王后，
你的丈夫的兄弟的妻子，你又是我的母亲，——但
愿你不是！

后　　嗳哟，那么我要去叫那些会说话的人来跟你谈谈了。

汉　　来，来，坐下来，不要动；我要把一面镜子放在你
的面前，让你看一看你自己的灵魂。

后　　你要干么呀？你不是要杀我吗？救命！救命呀！

普　　（在后）喂！救命！救命！救命！

汉　　（拔剑）怎么！是那一个鼠贼？要钱不要命吗？我
来结果你。（以剑刺穿帏幕）

普　　（在后）啊！我死了！

后　　嗳哟！你干了什么事啦？

汉　　我也不知道；那不是国王吗？

后　　啊，多么鲁莽残酷的行为！

汉　　残酷的行为！好妈妈，简直就跟杀了一个国王，再
去嫁给他的兄弟一样坏。

后　杀了一个国王！

汉　嗯，母亲，我正是这样说。（揭帏见普）你这倒运
的，粗心的，爱管闲事的傻瓜，再会！我还以为是
一个在你上面的人哩。也是你命不该活；现在你可
知道爱管闲事的危险了。——别尽扭着你的手。静
一静，坐下来，让我扭你的心；你的心倘不是铁石
打成的，万恶的习惯倘不曾把它硬化得透不进一点
感情，那么我的话一定可以把它刺痛。

后　我干了些什么错事，你才敢这样肆无忌惮地向我摇
唇弄舌呢？

汉　你的行为可以使贞节蒙污，使美德得到了伪善的名
称；从纯洁的恋情的额上取下娇艳的蔷薇，替它盖
上一个烙印；使婚姻的盟约变成博徒的誓言一样虚
伪；啊！这样一种行为，简直使盟约成为一个没有
灵魂的躯壳，神圣的宗教变成一串谵妄的狂言；苍
天的脸上也为它带上羞色，大地因为痛心这样的行
为，也罩上满面的愁容，好像世界末日就要到来一般。

后　唉！究竟是什么极恶重罪，你把它说得这样惊人呢？

汉　瞧这一幅图画，再瞧这一幅；这是两个兄弟的肖像。

你看这一个的相貌是多么高雅优美:亥披利恩的卷发,乔武的前额,像战神马斯一样威风凛凛的眼睛,像降落在高吻穹苍的山巅的传报神迈邱利一样矫健的姿态;这一个完善卓越的仪表,真像每一个天神都曾在那上面打下印记,向世间证明这是一个男子的典型。这是你从前的丈夫。现在你再看这一个:这是你现在的丈夫,像一株霉烂的禾穗,损害了他的健硕的兄弟。你有眼睛吗?你甘心离开这一座大好的高山,靠着这荒野生活吗?吓!你有眼睛吗?你不能说那是爱情,因为在你的年纪,热情已经冷淡下来,它必须等候理智的判断;什么理智愿意从这么高的地方,降落到这么低的所在呢?知觉你当然是有的,否则你就不会有行动;可是你那知觉也一定已经麻木了;因为就是疯人也不会犯那样的错误,无论怎样丧心病狂,总不会连这样悬殊的差异都分辨不出来的。那么是什么魔鬼蒙住了你的眼睛,把你这样欺骗呢?你的视觉,听觉,触觉,嗅觉,全都失去了交相为用的功能了吗?因为单单一个感官有了毛病,决不会使人愚蠢到这步田地的。羞啊!

你不觉得惭愧吗？要是地狱中的孽火可以在一个中年妇人的骨髓里煽起了蠢动，那么在青春的烈焰中，让贞操像蜡一样融化了吧。在强力的威迫下失身，有什么可耻呢？霜雪都会自动燃烧，理智都会做情欲的奴隶呢。

后　　啊，汉姆莱脱！不要说下去了！你使我的眼睛看进了我自己灵魂的深处，看见我灵魂里那些洗拭不去的黑色的污点。

汉　　嘿，生活在汗臭垢腻的眠床上，让淫邪薰没了心窍，在污秽的猪圈里调情弄爱，——

后　　啊，不要再对我说下去了！这些话像刀子一样戳进我的耳朵里；不要说下去了，亲爱的汉姆莱脱！

汉　　一个杀人犯，一个恶徒，一个不及你前夫二百分之一的庸奴，一个戴王冠的丑角，一个盗国窃位的扒儿手！

后　　别说了！

汉　　一个下流无赖的国王，——

【鬼上。

汉　　天上的神明啊，救救我，用你们的翅膀覆盖我的头
　　　顶！—— 陛下英灵不昧，有什么见教？

后　　嗳哟，他疯了！

汉　　您不是来责备您的儿子不该浪费他的时间和感情，
　　　把您煌煌的命令搁在一旁，耽误了我所应该做的大
　　　事吗？啊，说吧！

鬼　　不要忘记。我现在是来磨砺你的快要蹉跎下去的决
　　　心。可是瞧！你的母亲满身都是惊愕。啊，快去安
　　　慰安慰她的正在交战中的灵魂吧！最柔弱的人最容
　　　易受幻想的激动。对她说话去，汉姆莱脱。

汉　　您怎么啦，母亲？

后　　唉！你怎么啦？为什么你把眼睛睁视着虚无，向空
　　　中喃喃说话？你的眼睛里射出狂乱的神情；像熟睡
　　　的军士突然听到警号一般，你的整齐的头发一根根
　　　都像有了生命似的耸立起来。啊，好儿子！在你的
　　　疯狂的热焰上，浇洒一些清凉的镇静吧！你在瞧些
　　　什么？

汉　　他，他！您瞧，他的脸色多么惨淡！看见了他这

一种形状，要是再知道他所负的沉冤，即使石块也
会感动的。——不要瞧着我，因为那不过徒然勾起
我的哀感，也许反会妨碍我的冷酷的决心；也许我
会因此而失去勇气，让挥泪代替了流血。

后　　你这番话是对谁说的？

汉　　您没有看见什么吗？

后　　什么也没有；要是有什么东西在那边，我不会不看
　　　见的。

汉　　您也没有听见什么吗？

后　　不，除了我们两人的说话以外，我什么也没有听见。

汉　　啊，您瞧！瞧，它悄悄儿去了！我的父亲，穿着他
　　　生前所穿的衣服！瞧！他就在这一刻，从门口走出
　　　去了！（鬼下）

后　　这是你脑中虚构的意象；一个人在心神恍惚的状态
　　　中，最容易发生这种幻妄的错觉。

汉　　心神恍惚！我的脉搏跟您的一样，在按着正常的节
　　　奏跳动哩。我所说的并不是疯话；要是您不信，我
　　　可以把我刚才说过的话一字不漏地复述一遍，一个
　　　疯人是不会记忆得那样清楚的。母亲，为了上帝的

慈悲，不要自己安慰自己，以为我这一番说话，只是出于疯狂，不是真的对您的过失而发；那样的思想不过是骗人的油膏，只能使您溃烂的良心上结起一层薄膜，那内部的毒疮却在底下愈长愈大。向上天承认您的罪恶，忏悔过去，警戒未来；不要把肥料浇在莠草上，使它们格外蔓延起来。原谅我这一番正义的劝告；因为在这种万恶的时世，正义必须向罪恶乞恕，它必须俯首屈膝，要求人家接纳他的善意的箴规。

后 啊，汉姆莱脱！你把我的心劈为两半了！

汉 啊！把那坏的一半丢掉，保留那另外的一半，让您的灵魂清净一些。晚安！可是不要上我叔父的床；即使您已经失节，也得勉力学做一个贞节妇人的样子。习惯虽然是一个可以使人失去羞耻的魔鬼，但是它也可以做一个天使，对于勉力为善的人，它会用潜移默化的手段，使他徙恶从善。您要是今天晚上自加抑制，下一次就会觉得这一种自制的功夫并不怎样为难，慢慢儿就可以习以为常了；因为习惯简直有一种改变气质的神奇的力量，它可以使魔鬼主宰人类的灵魂，也可以把他从人们心里驱逐出去。
让我再向您道一次晚安；当您希望得到上天祝福的
时候，我将求您祝福我。至于这一位老人家，（指
普）我很后悔自己一时卤莽把他杀死；可是这是上
天的意思，要借着他的死惩罚我，同时借着我的手
惩罚他，使我一方面自己受到天谴，一方面又成为
代天行刑的使者。我现在先去把他的尸体安顿好了，
再来担承这一个杀人的过咎。晚安！为了顾全母子
的恩慈，我不得不忍情暴戾；不幸已经开始，更大
的灾祸还在接踵而至。再有一句话，母亲。

后　　我应当怎么做？

汉　　我不能禁止您不再让那骄淫的僭王引诱您和他同
床，让他拧您的脸颊，叫您做他的小耗子；我也不
能禁止您因为他给了您一两个恶臭的吻，或是用他
万恶的手指抚摩您的颈项，就把您所知道的事情一
起说了出来，告诉他我实在是装疯，不是真疯。您
应该让他知道；因为那一个聪明懂事的王后，愿意
隐藏着这样重大的消息，不去告诉一头虾蟆，一头
蝙蝠，一头老雄猫知道呢？不，虽然理性警告您保

守秘密，您尽管学那寓言中的猴子，因为受了好奇心的驱使，到屋顶上去开了笼门，把鸟儿放出，自己钻进笼里去，结果连笼子一起掉下来跌死吧。

后 你放心吧，要是言语是从呼吸里吐出来的，我决不会让我的呼吸泄漏了你对我所说的话。

汉 我必须到英国去；您知道吗？

后 唉！我忘了；这事情已经这样决定了。

汉 公文已经封好，打算交给我那两个同学带去，这两个家伙我要像对待两条咬人的毒蛇一样随时提防；他们将要做我的先驱，引导我钻进什么圈套里去。我倒要瞧瞧他们的能耐。开炮的要是给炮轰了，也是一件好玩的事；他们会埋地雷，我要比他们埋得更深，把他们轰到月亮里去。啊！用诡计对付诡计，不是顶有趣的吗？这家伙一死，多分会提早了我的行期；让我把这尸体拖到隔壁去。母亲，晚安！这一位大臣生前是个愚蠢饶舌的家伙，现在却变成非常谨严庄重的人了。来，老先生，让我把您拖下您的坟墓里去。晚安，母亲！（各下；汉曳普尸入内）

第四幕

真正的伟大不是轻举妄动，而是在荣誉遭遇危险的时候，即使为了一根稻秆之微，也要慷慨力争。

第一场　　城堡中的一室

【国王，王后，罗森克兰滋及基腾史登上。

王　　这些长吁短叹之中，都含着深长的意义，我们必须
　　　设法探索出来。你的儿子呢？

后　　（向罗、基）请你们暂时退开。（罗，基下）啊，
　　　陛下！今晚我看见了多么惊人的事情！

王　　什么，葛特露？汉姆莱脱怎么啦？

后　　疯狂得像彼此争强斗胜的天风和海浪一样。在他野
　　　性发作的时候，他听见帏幕后面有什么东西爬动的
　　　声音，就拔出剑来，嚷着，"有耗子！有耗子！"
　　　于是在一阵疯狂的恐惧之中，把那躲在幕后的好老
　　　人家杀死了。

王　　啊，罪过罪过！要是我在那儿，我也会照样死在他
　　　手里的；放任他这样胡作非为，对于你，对于我，
　　　对于每一个人，都是极大的威胁。唉！这一件流血
　　　的暴行应当由谁负责呢？我们是不能辞其咎的，因

为我们早该防祸未然，把这个发疯的孩子关禁起来，不让他到处乱走；可是我们太爱他了，以至于不愿想一个适当的方策，正像一个害着恶疮的人，因为不让它出毒的缘故，弄到毒气攻心，无法救治一样。他到那儿去了？

后　　拖着那个被他杀死的尸体出去了。像一堆下贱的铅铁，掩不了真金的光彩一样，他知道他自己做错了事，他的纯良的本性就从他的疯狂里透露出来。他哭了。

王　　啊，葛特露！来！太阳一到了山上，我们必须赶紧让他登船出发。对于这一件罪恶的行为，我们必须用最严正的态度，最巧妙的措辞，决定一个执法原情的措置。喂！基腾史登！

【罗森克兰滋及基腾史登重上。

王　　两位朋友，我们还要借重你们一下。汉姆莱脱在疯狂之中，已经把普隆涅斯杀死；他现在把那尸体从他母亲的房间里拖出去了。你们去找他来，对他说话要和气一点；再把那尸体搬到教堂里去。请你们快去把这件事情办一办好。（罗、基下）来，葛特露，我们要去召集我们那些最有见识的朋友们，把我们的决定和这一件意外的变故告诉他们，免得外边无稽的谰言牵涉到我们身上，它的毒箭从低声的密语中间散放出去，是像弹丸从炮口里射出去一样每发必中的。啊，来吧！我的灵魂里是充满着混乱和惊愕。（同下）

第二场　城堡中的另一室

【汉姆莱脱上。

汉　　藏好了。

罗、基　　（在内）汉姆莱脱！汉姆莱脱殿下！

汉　　什么声音？谁在叫汉姆莱脱？啊，他们来了。

【罗森克兰滋及基腾史登上。

罗　　殿下，您把那尸体怎么样啦？

汉　　它本来就是泥土，我仍旧让它回到泥土里去。

罗　　告诉我们它在什么地方，让我们把它搬到教堂里去。

汉　　不要相信。

罗　　相信什么？

汉　　相信我会放弃我自己的意见来听你的话。而且，一块海绵也敢问起我来！一个堂堂王子应该用什么话去回答它呢？

罗　　您把我当作一块海绵吗，殿下？

汉　　嗯，先生，一块吸收君王的恩宠，利禄，和官爵的
　　　海绵。可是这样的官员要到最后才会显出他们最大
　　　的用处来；像猴子吃硬壳果一般，他们的君王先把
　　　他们含在嘴里舐弄了好久，然后再一口咽了下去。
　　　当他需要被你们所吸收去的东西的时候，他只要把
　　　你们一挤，于是，海绵，你又是一块干干的海绵了。

罗　　我不懂您的话，殿下。

汉　　那很好，一句下流的话睡在一个傻瓜的耳朵里。

罗　　殿下，您必须告诉我们那尸体在什么地方，然后跟
　　　我们见王上去。

汉　　他的身体和国王同在，可是那国王并不和他的身体
　　　同在。国王是一件东西，——

基　　一件东西，殿下！

汉　　一件虚无的东西。带我去见他。狐狸躲起来，大家
　　　追上去。（同下）

第三场　同前，另一室

【国王上，侍从后随。

王　　我已经叫他们找他去了，并且叫他们把那尸体寻出
　　　来。让这家伙任意胡闹，是一件多么危险的事情！
　　　可是我们又不能把严刑峻法加在他的身上，他是为
　　　糊涂的群众所喜爱的，他们欢喜一个人，只凭眼睛，
　　　不凭理智；我要是处罚了他，他们只看见我的刑罚
　　　的苛酷，却不想到他犯的是什么重罪。为了顾全各
　　　方面的关系，叫他迅速离国，不失为一种适宜的策
　　　略；应付非常的变故，必须用非常的手段。

【罗森克兰滋上。

王　　啊！事情怎么样啦？

罗　　陛下，他不肯告诉我们那尸体在什么地方。

王　　可是他呢？

罗　　在外面，陛下；我们把他看起来了，等候您的旨意。

王　　带他来见我。

罗　　喂，基腾史登！带殿下进来。

【汉姆莱脱及基腾史登上。

王　　啊，汉姆莱脱，普隆涅斯呢？

汉　　吃饭去了。

王　　吃饭去了！什么地方？

汉　　不是在他吃饭的地方，是在人家吃他的地方；有一
　　　群精明的蛆虫正在他身上大吃特吃哩。蛆虫是全世
　　　界最大的饕餮家；我们喂肥了各种的牲畜给自己受
　　　用，再喂肥了自己去给蛆虫受用。胖胖的国王跟瘦
　　　瘦的乞丐是一个桌子上两道不同的菜；不过是这么
　　　一回事。

王　　唉！唉！

汉　　一个人可以拿一条吃过一个国王的蛆虫去钓鱼，再
　　　吃那吃过那条蛆虫的鱼。

王　　你这句话是什么意思？

汉　　没有什么意思，我不过指点你一个国王可以在一个

乞丐的脏腑里经过一番什么变化。

王　普隆涅斯呢？

汉　在天上；你差人到那边去找他吧。要是你的使者在
天上找不到他，那么你可以自己到另外一个所在去找
他。可是你们在这一个月里要是找不到他的话，你们
只要跑上走廊的阶石，也就可以闻到他的气味了。

王　（向若干从者）去到走廊里找一找。

汉　他在等着你们哩。（从者等下）

王　汉姆莱脱，你干出这种事来，使我非常痛心。为了
你自身的安全起见，你必须火速离开国境；所以快去
自己预备预备：船已经整装待发，风势也很顺利，同
行的人都在等着你，一切都已经准备好向英国出发。

汉　到英国去！

王　是的，汉姆莱脱。

汉　好。

王　要是你明白我的用意，你应该知道这是为了你的好处。

汉　我看见一个明白你的用意的天使。可是来，到英国
去！再会，亲爱的母亲！

王　你的慈爱的父亲，汉姆莱脱。

汉　我的母亲。父亲和母亲是夫妇两个，夫妇是一体之亲；所以再会吧，我的母亲！来，到英国去！

王　跟在他的后面，劝诱他赶快上船，不要耽误；我要叫他在今晚离开国境。去！这件事情一解决，什么都没有问题了。请你们赶快一点。（罗、基下）英格兰啊，丹麦的宝剑在你的身上还留着鲜明的创痕，你向我们纳款输诚的敬礼至今未减，要是你畏惧我的威力，重视我的友谊，你就不能忽视我的意旨；我已经在公函里要求你把汉姆莱脱立即处死，照着我的意思做吧，英格兰，因为他像是我深入膏肓的痼疾，一定要借你的手把我医好。我必须知道他已经不在人世，我脸上才会有笑容浮起。（下）

第四场 丹麦原野

【福丁勃拉斯，一队长，及军士等列队行进上。

福　　队长，你去替我问候丹麦国王，告诉他说福丁勃拉斯因为得到他的允许，已经按照约定，率领一支军队通过他的国境。你知道我们在什么地方集合。要是丹麦王有什么话要跟我当面说的，我也可以入朝进谒；你就这样对他说吧。

队长　　是，主将。

福　　慢步前进。（福及军士等下）

【汉姆莱脱，罗森克兰滋，基腾史登等同上。

汉　　官长，这些是什么人的军队？

队长　　他们都是挪威的军队，先生。

汉　　请问他们是开到什么地方去的？

队长　　到波兰的某一部分去。

汉　　谁是领兵的主将？

队长 挪威老王的侄儿福丁勃拉斯。

汉 他们是要向波兰本土进攻呢，还是去袭击边疆？

队长 不瞒您说，我们是要去夺一小块只有空名毫无实利的土地。叫我出五块钱去把它买了下来，我也不要；无论挪威人波兰人，要是把它标卖起来，谁也不会付出比这大一点的价钱来的。

汉 啊，那么波兰人一定不会防卫它的了。

队长 不，他们早已布防好了。

汉 为了这一块荒瘠的土地，浪掷了二千人的生命，二万块的金圆，谁也不对它表示一点疑问。这完全是因为国家太富足升平了，晏安的积毒蕴蓄于内，虽然已经到了溃烂的程度，外表上却还一点看不出将死的征象来。谢谢您，官长。

队长 上帝和您同在，先生。（下）

罗 我们去吧，殿下。

汉 我就来，你们先走一步。（除汉外均下）我所见到听到的一切，都好像在对我谴责，鞭策我赶快进行我的蹉跎未就的复仇大愿！一个人要是在他生命的盛年，只知道吃吃睡睡，他还算是个什么东西？简直不过是一头畜生！上帝造下我们来，使我们能够这样高谈阔论，瞻前顾后，当然要我们利用他所赋与我们的这一种能力和灵明的理智，不让它们白白废掉。现在我明明有理由，有决心，有力量，有方法，可以动手干我所要干的事，可是我还是在说一些空话，"我要怎么怎么干"，而始终不曾在行动上表现出来；我不知道这是为了鹿豕一般的健忘呢，还是为了三分懦怯一分智慧的过于审慎的顾虑。像大地一样显明的榜样都在鼓励我；瞧这一支勇猛的大军，领队的是一个娇养的少年王子，勃勃的雄心振起了他的精神，使他蔑视不可知的结果，为了区区弹丸大小的一块不毛之地，拼着血肉之躯，去向命运，死亡，和危险挑战。真正的伟大不是轻举妄动，而是在荣誉遭遇危险的时候，即使为了一根稻秆之微，也要慷慨力争。可是我的父亲给人惨杀，我的母亲给人污辱，我的理智和感情都被这种不共戴天的大仇所激动，我却因循隐忍，一切听其自然，看着这二万个人为了博取一个空虚的名声，视死如归地走下他们的坟墓里去，目的只是争夺一方还不够作为他们埋骨之所的土地，相形之下，我将何地自容呢？啊！从这一刻起，让我屏除一切的疑虑妄念，把流血的思想充满在我的脑际！（下）

第五场　厄耳锡诺；城堡中一室

【王后，霍拉旭，及一侍臣上。

后　　我不愿意跟她说话。

侍臣　她一定要见您；她的神气疯疯颠颠，瞧着怪可怜的。

后　　她要什么？

侍臣　她不断提起她的父亲；她说她听见这世上到处是诡计；一边呻吟，一边搥她的心，对一些琐琐屑屑的事情痛骂，讲的都是些很玄妙的话，好像有意思好像没有意思。她的话虽然不知所云，可是却能使听见的人心中发生反应，而企图从它里面找出意义来；他们妄加猜测，把她的话断章取义，用自己的思想附会上去；当她讲那些话的时候，有时霎眼，有时点头，做着种种的手势，的确使人相信在她的言语之间，含蓄着什么意思，虽然不能确定，却可以作一些很不好听的解释。

霍　　最好有什么人跟她谈谈，因为也许她会在愚妄的脑筋里散布一些危险的猜测。

后　让她进来。（侍臣下）

我负疚的灵魂惴惴惊惶，

琐琐细事也像预兆灾殃；

罪恶是这样充满了疑猜，

越小心越容易流露鬼胎。

【侍臣率莪菲莉霞重上。

莪　丹麦的美丽的王后陛下呢？

后　啊，莪菲莉霞！

莪　（唱）

张三李四满街走，

谁是你情郎？

毡帽在头杖在手，

草鞋穿一双。

后　唉！好姑娘，这支歌是什么意思呢？

莪　您说？请您听好了。（唱）

姑娘，姑娘，他死了，

> 一去不复来；
>
> 头上盖着青青草，
>
> 脚下石生苔。
>
> 嗄呵！

后　嗳，可是，莪菲莉霞，——

莪　请您听好了。（唱）
>
> 殓衾遮体白如雪，——

【国王上。

后　唉！陛下，您瞧。

莪　鲜花红似雨；
>
> 花上盈盈有泪滴，
>
> 伴郎坟墓去。

王　你好，美丽的姑娘？

莪　好，上帝保佑您！他们说猫头鹰是一个面包司务的
　　女儿变成的。主啊！我们谁也不知道自己将来会变
　　成什么。愿上帝在您的食桌上！

王　她父亲的死激成了她这种幻想。

莪　　对不起，我们以后再别提这件事了。要是有人问您

　　　这是什么意思，您就这样对他说：（唱）

　　　情人佳节就在明天，

　　　我要一早起身，

　　　梳洗齐整到你窗前，

　　　来做你的恋人。

　　　他下了床披了衣裳，

　　　他开开了房门；

　　　她进去时是个女郎，

　　　出来变了妇人。

王　　美丽的莪菲莉霞！

莪　　真的，不用发誓，我会把它唱完：（唱）

　　　凭着神圣慈悲名字，

　　　这种事太丢脸！

　　　少年男子不知羞耻，

　　　一味无赖纠缠。

　　　她说你曾答应婚嫁，

　　　然后再同枕席；

　　　谁料如今被你欺诈，

懊悔万千无及!

王　　她这个样子已经多久了?

我　　我希望一切转祸为福! 我们必须忍耐; 可是我一想到他们把他放下寒冷的泥土里去, 我就禁不住吊泪。我的哥哥必须知道这件事。谢谢你们很好的劝告。来, 我的马车! 晚安, 太太们; 晚安, 可爱的小姐们; 晚安, 晚安! (下)

王　　紧紧跟住她; 留心不要让她闹出乱子来。(霍下) 啊! 深心的忧伤把她害成了这样子; 这完全是为了她父亲的死。啊, 葛特露, 葛特露! 不幸的事情总是接踵而来: 第一是她父亲的被杀; 然后是你儿子的远别, 他闯了这样大祸, 不得不亡命异国, 也是自取其咎。人民对于善良的普隆涅斯的暴死, 已经群疑蜂起, 议论纷纷; 我们这样匆匆忙忙地把他秘密安葬, 更加引起了外间的疑窦; 可怜的莪菲莉霞也因此而悲伤得失去了她的正常的理智, 我们人类没有了理智, 不过是画上的图形, 无知的禽兽。最后, 跟这些事情同样使我不安的, 她的哥哥已经从法国秘密回来, 行动诡异, 居心莫测; 他的耳中所听到的,

　　　都是那些播弄是非的人所散放的关于他父亲死状的
　　　恶意的谣言，少不得牵涉到我们身上。啊，我的亲
　　　爱的葛特露！这种消息像一尊杀人的巨炮，到处都
　　　在危害我的生命。（内喧呼声）

后　　嗳哟！这是什么声音？

　　　【一侍臣上。

王　　我的瑞士卫队呢？叫他们把守宫门。什么事？

侍臣　赶快避一避吧，陛下；比大洋中的怒潮冲决堤岸还
　　　要汹汹其势，年青的勒替斯带领着一队叛军，打败
　　　了您的卫士，冲进宫里来了。这一群暴徒把他称为
　　　主上；就像世界还不过刚才开始一般，他们推翻了
　　　一切的传统和习惯，高喊着，"我们推举勒替斯做
　　　国王！"他们掷帽举手，吆呼的声音响彻云霄，"让
　　　勒替斯做国王，让勒替斯做国王！"

后　　他们这样兴高彩烈，却不知道已经误入歧途！啊，
　　　你们干了错事了，你们这些不忠的丹麦狗！（内喧
　　　呼声）

王　　宫门都已打破了。

【勒替斯戎装上；一群丹麦人随上。

勒　　这国王在那儿？弟兄们，大家站在外面。

众　　不，让我们进来。

勒　　对不起，请你们让我一个人在这儿。

众　　好，好。（众退立门外）

勒　　谢谢你们；把门看守好了。啊，你这万恶的奸王！
　　　　还我的父亲来！

后　　安静一点，好勒替斯。

勒　　我身上要是有一点血安静下来，我就是个野生的杂
　　　　种，我的父亲是个忘八；我的母亲的贞洁的额角上，
　　　　也要雕上娼妓的恶名。

王　　勒替斯，你这样大张声势，兴兵犯上，究竟为了什
　　　　么原因？——放了他，葛特露；不要担心他会伤害
　　　　我的身体，一个君王是有神圣呵护的，他的威焰可
　　　　以吓退叛徒。——告诉我，勒替斯，你有什么气恼
　　　　不平的事？——放了他，葛特露。——你说吧。

勒　　我的父亲呢？

王　　死了。

后　　但是并不是他杀死的。

王　　尽他问下去。

勒　　他怎么会死的？我可不能受人家的愚弄。忠心，到
　　　地狱里去吧！让最黑暗的魔鬼把一切誓言抓了去！
　　　什么良心，什么礼貌，都给我滚下无底的深穴里去！
　　　我要向永劫挑战。我的立场已经决定：死也好，活
　　　也好，我什么都不管，只要痛痛快快地为我的父亲
　　　复仇。

王　　谁可以阻止你？

勒　　除了我自己的意志以外，全世界也不能阻止我；不
　　　费吹灰之力，就可以达到我的目的。

王　　好勒替斯，要是你想知道你的亲爱的父亲究竟是怎
　　　样死去的话，你还是先认认清楚谁是友人谁是敌人呢，
　　　还是不分皂白地把他们一概作为你的复仇的对象？

勒　　冤有头，债有主，我只要找我父亲的敌人算账。

王　　那么你要知道谁是他的敌人吗？

勒　　对于他的好朋友，我愿意张开我的手臂拥抱他们，

像舍身的企鹅①一样，把我的血供他们喝饮。

王　啊，现在你才说得像一个孝顺的儿子和真正的绅士。我不但对于令尊的死不会有分，而且为此也感觉到非常的悲痛；这一个事实将会透过你的心，正像白昼的阳光照射你的眼睛一样。

众　（在外）放她进去！

勒　怎么！那是什么声音？

【莪菲莉霞重上。

勒　啊，赤热的烈焰，炙枯了我的脑浆吧！七倍辛酸的眼泪，灼伤了我的视觉吧！天日在上，我一定要叫那害你疯狂的仇人重重地抵偿他的罪恶。啊，五月的玫瑰！亲爱的女郎，好妹妹，莪菲莉霞！天啊！一个少女的理智，也会像一个老人的生命一样受不起打击吗？

莪　（唱）

---

①昔人误信企鹅以其血哺雏，故云。——译者注

他们把他抬上柩架；

哎呀，哎呀，哎哎呀；

在他坟上泪如雨下；——

再会，我的鸽子！

勒　　要是你没有发疯，你会激励我复仇，你的言语也不
　　　会比你现在这样子更使我感动了。

莪　　啊，这纺轮转动的声音多么好听！是那坏良心的管
　　　家把主人的女儿拐了去了。

勒　　这一种无意识的话，比正言危论还要有力得多。

莪　　这是表示记忆的迷迭香；爱人，请你记着吧：这是
　　　表示思想的三色堇。

勒　　她在疯狂中把思想和记忆混杂在一起了。

莪　　这是给您的茴香和漏斗花；这是给您的芸香；这儿
　　　还留着一些给我自己；啊！您可以把您的芸香插戴
　　　得别致点儿。这儿是一枝雏菊；我想要给您几朵紫
　　　罗兰，可是我父亲一死，它们全都谢了；他们说他
　　　死得很好——（唱）

可爱的洛宾是我的宝贝。

勒　　忧愁，痛苦，悲哀，和地狱中的磨难，在她身上都

变成了可怜可爱。

莪　（唱）

他会不会再回来？

他会不会再回来？

不，不，他死了；

你的命难保，

他再也不会回来。

他的胡须像白银，

满头黄发乱纷纷。

人死不能活，

且把悲声歇；

上帝饶赦他灵魂！

求上帝饶赦一切基督徒的灵魂！上帝和你们同

在！（下）

勒　上帝啊，你看见这种惨事吗？

王　勒替斯，我必须跟你详细谈谈关于你所遭逢的不幸；

　　你不能拒绝我这一个权利。你不妨先去选择几个你

　　的最有见识的朋友，请他们在你我两人之间做公正

　　人：要是他们评断的结果，认为是我主动或同谋杀

害的，我愿意放弃我的国土，我的王冠，我的生命，以及我所有的一切，作为对你的补偿；可是他们假如认为我是无罪的，那么你必须答应帮助我一臂之力，让我们两人开诚合作，定出一个惩凶的方策来。

勒　　就是这样吧；他死得这样不明不白，他的下葬又是这样偷偷摸摸的，他的尸体上没有一些战士的荣饰，也不曾替他举行一些哀祭的仪式，从天上到地下都在发出愤懑不平的呼声，我不能不问一个明白。

王　　你可以明白一切；谁是真有罪的，让斧钺加在他的头上吧，请你跟我来。（同下）

第六场　同前，另一室

【霍拉旭及一仆人上。

霍　　要来见我说话的是些什么人？

仆　　是几个水手，主人；他们说他们有信要交给您。

霍　　叫他们进来。（仆下）倘不是汉姆莱脱殿下差来的人，
　　　我不知道在这世上的那一部分会有人来看我。

【水手等上。

水手甲　　上帝祝福您，先生！

霍　　愿他也祝福你。

水手乙　　他要是高兴，先生，他会祝福我们的。这儿有
　　　一封信给您，先生，——它是从那位到英国去的钦
　　　使寄来的，——要是您的名字果然是霍拉旭的话。

霍　　"霍拉旭，你把这封信看过以后，请把来人领去见
　　　一见国王；他们还有信要交给他。我们在海上的第
　　　二天，就有一艘很凶猛的海盗船向我们追击。我们

因为船行太慢，只好勉力迎敌；在彼此相持的时候，我跳上了盗船，他们就立刻抛下我们的船，扬帆而去，剩下我一个人做他们的俘虏。他们对待我很是有礼，可是他们知道他们所做的事；我还要重谢他们哩。把我给国王的信交给他以后，请你就像逃命一般火速来见我。我有一些可以使你听了挢舌不下的话要在你的耳边说；可是事实的本身比这些话还要严重得多。来人可以把你带到我现在所在的地方。罗森克兰滋和基腾史登到英国去了；关于他们我还有许多话要告诉你。再会。你的汉姆莱脱。"来，让我立刻就带你们去把你们的信送出，然后请你们领我到那把这些信交给你们的那个人的地方去。（同下）

第七场 同前，另一室

【国王及勒替斯上。

王　　你已经用你同情的耳朵，听见我告诉你那杀死令尊
　　　　的人，也在图谋我的生命；现在你必须明白我的无
　　　　罪，并且把我当作你的一个心腹的友人了。

勒　　听您所说，果然像是真的；可是告诉我，为了您自
　　　　己的安全起见，为什么您对于这样罪大恶极的暴行，
　　　　不采取严厉的手段呢？

王　　啊！那是因为有两个理由，也许在你看来是不成其
　　　　为理由的，可是对于我却有很大的关系。王后，他
　　　　的母亲，差不多一天不看见他就不能生活；至于我
　　　　自己，那么不管它是我的好处或是我的致命的弱点，
　　　　我的生命和灵魂是这样跟她连结在一起，正像星球
　　　　不能跳出轨道一样，我也不能没有她而生活。而且
　　　　我所以不能把这件案子公开，还有一个重要的顾虑：
　　　　一般民众对他都有很大的好感，他们盲目的崇拜像

一道使树木变成石块的魔泉一样，把他所有的错处
都变成了优点；我的箭太轻太没有力了，遇到这样
的狂风，一定不能射中目的，反而给吹了转来。

勒　　那么难道我的一个高贵的父亲就是这样白白死去，
一个好好的妹妹就是这样白白疯了不成？她的完美
卓越的姿容才德，是可以傲视一世，睥睨古今的。
可是我的报仇的机会总有一天会到来。

王　　不要让这件事扰乱了你的睡眠；你不要以为我是这
样一个麻木不仁的人，会让人家揪着我的胡须，还以
为不过是开开顽笑。不久你就可以听到消息。我爱你
父亲，我也爱我自己；那我希望可以使你想到——

　　【一使者上。

王　　啊！什么消息？

使者　启禀陛下，是汉姆莱脱寄来的信；这一封是给陛下
的，这一封是给王后的。

王　　汉姆莱脱寄来的！谁把它们送到这儿来？

使者　他们说是几个水手，陛下，我没有看见他们；这两

封信是克劳第奥交给我的，他们把信送在他手里。

王　　勒替斯，你可以听一听这封信。出去！（使者下）

　　　　"陛下，我已经光着身子回到您的国土上来了。

　　　明天我就要请您允许我拜见御容。让我先向您告我

　　　的不召而返之罪，然后再禀告您我这次突然而意外

　　　回国的原因。汉姆莱脱敬上。"

　　　　这是什么意思？同去的人也都一起回来了吗？还是

　　　什么人在捣鬼，并没有这么一回事？

勒　　您认识这笔迹吗？

王　　这确是汉姆莱脱的亲笔。"光着身子！"这儿还附

　　　着一笔，说是"一个人回来"。你看他是什么用意？

勒　　我可懂不出来，陛下。可是他来得正好；我一想到

　　　我能够有这样一天当面申斥他的罪状，我的郁闷的

　　　心也热起来了。

王　　要是果然这样的话，勒替斯，你愿意听我的吩咐吗？

勒　　愿意，陛下，只要您不勉强我跟他和解。

王　　我是要使你自己心里得到平安。要是他现在中途而

　　　返，不预备再作这样的航行，那么我已经想好了一

　　　个计策，激动他去干一件事情，一定可以叫他自投

罗网；而且他死了以后，谁也不能讲一句闲话，即使他的母亲也不能觉察我们的诡计，只好认为是一件意外的灾祸。

勒　　陛下，我愿意服从您的指挥；最好请您设法让他死在我的手里。

王　　我正是这样计划。自从你到国外游学以后，人家常常说起你有一种特长的本领，这种话汉姆莱脱也是早就听到过的；虽然在我的意见之中，这不过是你所有的才艺中间最不足道的一种，可是你的一切才艺的总和，都不及这一种本领更能挑起他的妒忌。

勒　　是什么本领呢，陛下？

王　　它虽然不过是装饰在少年人帽上的一条缎带，但也是少不了的；因为年青人应该装束得华丽潇洒一些，表示他的健康活泼，正像老年人应该装束得朴素大方一些，表示他的矜严凝重一样。两个月以前，这儿来了一个诺曼第的绅士；我自己曾经和法国人在马上比过武艺，他们都是很精于骑术的；可是这位好汉简直有不可思议的魔力，他骑在马上，好像和他的坐骑化成了一体似的，随意驰骤，无不出神入

化。他的技术是那样远超过我的预料，无论我杜撰
一些怎样夸大的辞句，都不够形容它的奇妙。

勒　是个诺曼第人吗？

王　是诺曼第人。

勒　那么一定是拉摩特了。

王　正是他。

勒　我认识他；他的确是全国知名的勇士。

王　他承认你的武艺很是了得，对于你的剑术尤其极口
称赞，说是倘有人能够和你对敌，那一定大有可观；
他发誓说他们国里的剑士要是跟你交起手来，一定
会眼花撩乱，全然失去招架之功。他对你的这一番
夸奖，使汉姆莱脱妒恼交集，一心希望你快些回来，
跟他比赛一下。从这一点上，——

勒　从这一点上怎么，陛下？

王　勒替斯，你是真爱你的父亲吗？还是不过是做作出
来的悲哀，只有表面，没有真心吗？

勒　您为什么这样问我？

王　我不是以为你不爱你的父亲；可是我知道爱不过起
于一时感情的冲动，经验告诉我，经过了相当时间，

它是会逐渐冷淡下去的。爱像是一盏油灯，灯芯烧枯以后，它的火焰也会由微暗而至于消灭。一切事情都不能永远保持良好，因为过度的善反会摧毁它的本身，正像一个人因充血而死去一样。我们所要做的事，应该一想到就做；因为一个人的心理是会随时变化的，稍一迟疑就会遭遇种种的迁延阻碍。可是回到我们所要谈论的中心问题上来吧。汉姆莱脱回来了；你预备怎样用行动代替言语，表明你自己的确是你父亲的肖子呢？

勒　我要在教堂里割破他的喉咙。

王　无论什么所在都不能庇护一个杀人的凶手；复仇不应该在碍手碍脚的地方。可是，好勒替斯，你要是果然志切复仇，还是住在自己家里不要出来。汉姆莱脱回来以后，我们可以让他知道你也已经回来，叫几个人在他的面前夸奖你的本领，把你说得比那法国人所讲的还要了得，怂恿他和你作一次比赛。他是个粗心的人，一点不想到人家在算计他，一定不会仔细检视比赛用的刀剑的利钝；你只要预先把一柄利剑混杂在里面，趁他没有注意的时候不动声色地自己拿了，在比赛之际，看准他要害刺了过去，就可以替你的父亲报了仇了。

勒 我愿意这样做；为了达到复仇的目的，我还要在我的剑上涂一些毒药。我已经从一个卖药人手里买到一种致命的药油，只要在剑头上沾了一滴，刺到人身上，它一碰到血，即使只是擦破了一些皮肤，也会毒性发作，无论什么灵丹仙草，都不能挽救他的性命。

王 让我们再考虑考虑，看时间和机会能够给我们什么方便。要是这一个计策会失败，要是我们会在行动之间露出了破绽，那么还是不要尝试的好。为了豫防失败起见，我们应该另外再想一个万全之计。且慢！让我想来：我们可以对你们两人的胜负打赌；啊，有了：你在跟他交手的时候，必须使出你全副的精神，使他疲于奔命，等他口干烦燥要讨水喝的当儿，我就为他预备好一杯毒酒，万一他逃过了你的毒剑，也逃不过我们这一着。且慢！什么声音？

【王后上。

王　　啊，亲爱的王后！

后　　一桩祸事刚刚到来，又有一桩接踵而至。勒替斯，
　　　你的妹妹掉在水里溺死了。

勒　　溺死了！啊！在那儿？

后　　在小溪之旁，斜生着一株杨柳，它的毵毵的枝叶倒
　　　映在明镜一样的水流之中；她一个人到那边去，用
　　　毛茛，荨麻，雏菊，和紫兰编成了一个个花圈，替
　　　她自己作成了奇异的装饰。她爬上一根横垂的树枝，
　　　想要把她的花冠挂在上面；就在这时候，树枝折断
　　　了，连人连花一起落下呜咽的溪水里。她的衣服四
　　　散展开，使她暂时像人鱼一样飘浮水上；她嘴里还
　　　断断续续唱着古旧的谣曲，好像一点不感觉到什么
　　　痛苦，又好像她本来就是生长在水中的一般。可是
　　　不多一会儿，她的衣服给水浸得重起来了，这可怜
　　　的人儿歌还没有唱完，就已经沉了下去。

勒　　唉！那么她是溺死了吗？

后　　溺死了，溺死了！

勒　　太多的水淹没了你的身体，可怜的莪菲莉霞，所以

我必须忍住我的眼泪。可是人类的常情是不能遏阻的，我掩饰不了心中的悲哀，只好顾不得惭愧了；当我们的眼泪干了以后，我们的妇人之仁也是会随着消灭的。再会，陛下！我有一段炎炎欲焚的烈火般的说话，可是我的傻气的眼泪把它浇熄了。（下）

王　　让我们跟上去，葛特露；我好容易才把他的怒气平息了一下，现在我怕又要把它挑起来了。快让我们跟上去吧。（同下）

第五幕

两个强敌猛烈争斗的时候，
不自量力的微弱之辈，却
去插身在他们的中间……

第一场　墓地

【二小丑携锄锹等上。

甲丑　她存心自己脱离人世，却要照基督徒的仪式下葬吗？

乙丑　我对你说是的，所以你赶快把她的坟掘好了吧；验尸官已经验明她的死状，宣布应该按照基督徒的仪式把她下葬。

甲丑　这可奇了，难道她是因为自卫而跳下水里的吗？

乙丑　他们验明是这样的。

甲丑　那么故意杀人也可以罪从末减了。因为问题是这样的：要是我有意投水自杀，那必须成立一个行为；一个行为可以分为三部分，那就是干，行，做；所以，她是有意投水自杀的。

乙丑　嗳，你听我说，——

甲丑　对不起。这儿是水；好。这儿站着人；好。要是这个人跑到这个水里，把他自己淹死了，那么，不管他自己愿不愿意，总是他自己跑下去的；你听好了没有？可是要是那水走到他的身上把他淹死了，那就不是他自己把自己淹死；所以，对于他自己的死无罪的人，并没有杀害他自己的生命。

乙丑 法律上是这样说的吗？

甲丑 嗯，是的，这是验尸官的验尸法。

乙丑 说一句老实话，要是这个死的不是一位贵家女子，他们决不会按照基督徒的仪式把她下葬的。

甲丑 对了，你说得有理；有财有势的人，就是要投河上吊，比起他们同教的基督徒来也可以格外通融，世上的事情真是太不公平！来，我的锄头。古时候没有什么绅士，只有一些种地的，开沟的，掘坟的人；他们都继承着亚当的行业。

乙丑 他是一个绅士吗？

甲丑 什么！你是个异教徒吗？你有没有读过《圣经》？《圣经》上说，"亚当掘地"。让我再问你一个问题；要是你回答得不对，那么你就承认你自己——

乙丑 你问吧。

甲丑 谁造得比泥水匠，船匠，或是木匠更坚固？

乙丑 造绞架的人；因为一千个寄寓在这屋子里的人都已

经先后死去，它还是站在那儿动都不动。

甲丑　我很欢喜你的聪明，真的。绞架是很合适的；可是

它怎么是合适的？它对于那些有罪的人是合适的。

你说绞架造得比教堂还坚固，说这样的话是罪过的；

所以，绞架对于你是合适的。来，重新说过。

乙丑　谁造得比泥水匠，船匠，或是木匠更坚固？

甲丑　嗯，你回答了这个问题，我就让你下工。

乙丑　呃，现在我知道了。

甲丑　说吧。

乙丑　真的，我可回答不出来。

【汉姆莱脱及霍拉旭上，立远处。

甲丑　别尽绞你的脑筋了，懒驴子是打杀也走不快的；下

回有人问你这个问题的时候，你就对他说，"掘坟

的人"，因为他造的房子是可以一直住到世界末日

的。去，到酒店里去给我倒一杯酒来。（乙丑下；

甲且掘且歌）

年青时候最爱偷情，

　　　　觉得那事很有趣味；

　　　　规规矩矩学做好人，

　　　　在我看来太无意义。

汉　　　这家伙难道对于他的工作一点没有什么感觉，在掘

　　　　坟的时候还会唱歌吗？

霍　　　他做惯了这种事，所以不以为意。

汉　　　正是；不大劳动的手，它的感觉要比较灵敏一些。

甲丑　　（唱）

　　　　谁料如今岁月潜移，

　　　　老景催人急于星火，

　　　　两脚挺直，一命归西，

　　　　世上原来不曾有我。（掷起一骷髅）

汉　　　那个骷髅里面曾经有一条舌头，它还会唱歌哩；瞧

　　　　这家伙把它摔在地上，好像它是第一个杀人凶手该

　　　　隐①的颚骨似的！它也许是一个政客的头颅，现在

　　　　却让这蠢货把它丢来踢去；也许他生前是个偷天换

————————

　　①该隐（Cain），亚当之长子，杀其弟亚伯（Abel），见《旧约·创

世记》。——译者注

日的好手，你看是不是?

霍　　也许是的，殿下。

汉　　也许是一个朝臣，他会说，"早安，大人! 您好，大人! "也许他就是某大人，嘴里称赞某大人的马好，心里却想把它讨了来，你看是不是?

霍　　是，殿下。

汉　　啊，正是；现在却让蛆虫伴寝，他的下巴也落掉了，一柄工役的锄头可以在他头上敲来敲去。从这种变化上，我们大可看透生命无常的消息。难道这些枯骨生前受了那么多的教养，死后却只好给人家当木块一般抛着玩吗? 想起来真是怪不好受的。

甲丑　　(唱)

锄头一柄，铁铲一把，

殓衾一方掩面遮身；

挖松泥土深深掘下，

掘了个坑招待客人。(掷起另一骷髅)

汉　　又是一个；谁知道那不会是一个律师的骷髅? 他的舞文弄法的手段，颠倒黑白的雄辩，现在都到那儿去了? 为什么他让这个放肆的家伙用龌龊的铁铲敲他的脑壳，不去控告他一个殴打罪？哼！这家伙生前也许曾经买下许多的地产，开口闭口用那些条文，具结，罚款，证据，赔偿一类的名词吓人；现在他的脑壳里塞满了泥土，这就算是他所取得的最后的赔偿了吗？除了两张契约大小的一方地面以外，谁能替他证明他究竟有多少地产？这一抔黄土，就是他所有的一切了吗，吓？

霍　这就是他所有的一切了，殿下。

汉　我要去跟这家伙谈谈。喂，这是谁的坟墓？

甲丑　我的，先生，——

　　挖松泥土深深掘下，

　　掘了个坑招待客人。

汉　胡说！坟墓是死人睡的，怎么说是你的？你给什么人掘这坟墓？是个男人吗？

甲丑　不是男人，先生。

汉　那么是什么女人？

甲丑　也不是女人。

汉　不是男人，也不是女人，那么谁葬在这里面？

甲丑　先生，她本来是一个女人，可是上帝安息她的灵魂，她已经死了。

汉　这混蛋倒会分辨得这样清楚！我们讲话必须直捷痛快，要是像这样含含糊糊的，那可把人烦死了。凭着上帝发誓，霍拉旭，我觉得这三年来，时世变得越发不成样子了，一个平民也敢用他的脚趾去踢痛贵人的后跟。——你做这掘墓的营生，已经多久了？

甲丑　我开始干这营生，是在我们的老王爷汉姆莱脱打败福丁勃拉斯那一天。

汉　那是多少时候以前的事？

甲丑　你不知道吗？每一个傻子都知道的；那正是小汉姆莱脱出世的那一天，就是那个发了疯给他们送到英国去的。

汉　嗯，对了；为什么他们叫他到英国去？

甲丑　就是因为他发了疯呀；他到了英国去，他的疯病就会好的，即使疯病不会好，在那边也没有什么关系。

汉　为什么？

甲丑　英国人不会把他当作疯子；他们都是跟他一样疯的。

汉　他怎么会发疯？

甲丑　人家说得很奇怪。

汉　　怎么奇怪？

甲丑　　他们说他神经有了毛病。

汉　　一个人埋在地下，要经过多少时候才会腐烂？

甲丑　　假如他不是在未死以前就已经腐烂，——现在多的
　　　　是害杨梅疮死去的尸体，简直抬都抬不下去，——
　　　　他大概可以过八九年；一个硝皮匠在九年以内不会
　　　　腐烂。

汉　　为什么他要比别人长久一些？

甲丑　　因为，先生，他的皮硝得比人家的硬，可以长久不
　　　　透水；尸体一碰到水，是最会腐烂的。这儿又是一
　　　　个骷髅；这骷髅已经埋在地下二十三年了。

汉　　它是谁的骷髅？

甲丑　　是个婊子养的疯小子；你猜是谁？

汉　　不，我猜不出。

甲丑　　这个遭瘟的疯小子！他有一次把一瓶葡萄酒倒在我
　　　　的头上。这一个骷髅，先生，是国王的弄人郁利克
　　　　的骷髅。

汉　　这就是他！

甲丑　　正是他。

汉　　让我看。（取骷髅）唉，可怜的郁利克！霍拉旭，

　　　我认识他；他是一个最会开玩笑，非常富于想象力

　　　的家伙。他曾经把我负在背上一千次；现在我一想

　　　起来，却忍不住胸头作恶。这儿本来有两片嘴唇，

　　　我不知吻过它们多少次。——现在你还会把人挖苦

　　　吗？你还会窜窜跳跳，逗人发笑吗？你还会唱歌

　　　吗？你还会随口编造一些笑话，说得一座捧腹吗？

　　　你没有留下一个笑话，讥笑你自己吗？这样垂头丧

　　　气了吗？现在你给我到小姐的闺房里去，对她说，

　　　凭她脸上的脂粉搽得一寸厚，到后来总是要变成这

　　　个样子；你用这样的话告诉她，看她笑不笑吧。

　　　霍拉旭，请你告诉我一件事情。

霍　　什么事情，殿下？

汉　　你想亚力山大在地下也是这一副形状吗？

霍　　也是这样。

汉　　也是有同样的臭味吗？呸！（掷下骷髅）

霍　　也是有同样的臭味的，殿下。

汉　　谁知道我们将来会变成一些什么下贱的东西，霍拉

　　　旭！要是我们用想像推测下去，谁知道亚力山大的

高贵的尸体，不就是塞在酒桶口上的泥土？

霍　　那未免太想入非非了。

汉　　不，一点不，这是很可能的；我们可以这样想：亚
力山大死了；亚力山大埋葬了；亚力山大化为尘土；
人们把尘土做成烂泥；那么为什么亚力山大所变成
的烂泥，不会被人家拿来塞在啤酒桶的口上呢？
该撒死了，他尊严的尸体
也许变了泥把破墙填砌；
啊！他从前是何等的英雄，
现在只好替人挡雨遮风！
可是不要作声！不要作声！站开；国王来了。

【教士等列队上：众异载菲莉霞尸体前行；勒替斯
及诸送葬者，国王，王后，及侍从等随后。

汉　　王后和朝士们也都来了；他们是送什么人下葬呢？
仪式又是这样草率的？瞧上去好像他们所送葬的那
个人，是自杀而死的，同时又是个很有身分的人。
让我们躲在一旁瞧瞧他们。（与霍退后）

勒　　还有些什么仪式?

汉　　（向霍旁白）那是勒替斯,一个很高贵的青年;听好。

勒　　还有些什么仪式?

教士甲　　她的葬礼已经超过了她所应得的名分。她的死状很是可疑;倘不是因为我们迫于权力,按例就该把她安葬在圣地以外,直到最后审判的喇叭吹召她起来。我们不但不应该替她念祷告,并且还要用砖瓦碎石丢在她坟上;可是现在我们已经允许给她处女的葬礼,用花圈盖在她的身上,替她散播鲜花,鸣钟送她入土,这还不够吗?

勒　　难道不能再有其他的仪式了吗?

教士甲　　不能再有其他的仪式了;要是我们为她奏安灵乐,就像对于一般平安死去的灵魂一样,那就要亵渎了教规。

勒　　把她放下泥土里去;愿她的娇美无瑕的肉体上,生出芬芳馥郁的紫罗兰来!我告诉你,你这下贱的教士,我的妹妹将要做一个天使,你死了却要在地狱里呼号。

汉　　什么!美丽的莪菲莉霞吗?

后　　好花是应当散在美人身上的；永别了！（散花）我
　　　本来希望你做我的汉姆莱脱的妻子，这些鲜花本来
　　　要铺在你的新床上，亲爱的女郎，谁想得到我要把
　　　它们散在你的坟上！

勒　　啊！但愿千百重的灾祸，降临在害得你精神错乱的
　　　那个该死的恶人的头上！等一等，不要就把泥土盖
　　　上去，让我再把她拥抱一次。（跳下墓中）现在把
　　　你们的泥土倒下来，把死的和活的一起掩埋了吧；
　　　让这块平地上堆起一座高山，那古老的丕利恩①和
　　　苍秀插天的奥林帕斯都要俯伏在它的足下。

汉　　（上前）那一个人的心里装载得下这样沉重的悲伤？
　　　那一个人的哀恸的辞句，可以使天上的流星惊疑止
　　　步？那是我，丹麦王子汉姆莱脱！（跳下墓中）

勒　　魔鬼抓了你的灵魂去！（将汉揪住）

汉　　你祷告错了。请你不要拉住我的头颈；因为我虽然
　　　不是一个暴躁易怒的人，可是我的火性发作起来，

———————

　　①丕利恩（Pelion），奥林帕斯（Olympus），均为希腊北境山名。——
译者注

是很危险的，你还是不要激恼我吧。放开你的手！

王　　把他们扯开！

后　　汉姆莱脱！汉姆莱脱！

众　　殿下，公子，——

霍　　好殿下，安静点儿。（侍从等分开二人，二人自墓中出）

汉　　嘿，我愿意为了这个题目跟他决斗，直到我的眼皮不再眨动。

后　　啊，我的孩子！什么题目？

汉　　我爱莪菲莉霞；四万个兄弟的爱合起来，还抵不过我对她的爱。你愿意为她干些什么事情？

王　　啊！他是个疯人，勒替斯。

后　　看在上帝的情分上，不要跟他顶真。

汉　　哼，让我瞧瞧你会干些什么事。你会哭吗？你会打架吗？你会绝食吗？你会撕破你自己的身体吗？你会喝一大缸醋吗？你会吃一条鳄鱼吗？我都做得到。你是到这儿来哭泣的吗？你跳下她的坟墓里，是要当面羞辱我吗？你跟她活埋在一起，我也会跟她活埋在一起；要是你还要夸说什么高山大岭，那么让他们把几百万亩的泥土堆在我们身上，直到我们的地面深陷到赤热的地心，让巍峨的奥萨①在相形之下变得只像一个瘤那么大小吧！嘿，你会吹，我就不会吹吗？

后　这不过是他一时的疯话。他的疯病一发作起来，总是这个样子的；可是等一会儿他就会安静下来，正像母鸽孵育她那一双金羽的雏鸽的时候一样温和了。

汉　听我说，老兄；你为什么这样对待我？我一向都是爱你的。可是这些都不用说了，有本领的，随他干什么事吧；猫总是要叫，狗总是要闹的。（下）

王　好霍拉旭，请你跟住他。（霍下）（向勒）记着我们昨天晚上所说的话，格外忍耐点儿吧；我们马上就可以实行我们的办法。好葛特露，叫几个人好好看守你的儿子。这一个坟上将要植立一块永久的墓碑。平静的时间不久就会到来；现在我们必须耐着心把一切安排。（同下）

---

　① 奥萨（Ossa），亦希腊山名，与丕利恩及奥林帕斯相近。——译者注

第二场　城堡中的厅堂

【汉姆莱脱及霍拉旭上。

汉　　这个题目已经讲完，现在我可以让你知道另外一段
　　　事情。你还记得当初的一切经过情形吗？

霍　　记得，殿下？

汉　　在我的心里有一种战争，使我不能睡眠；我觉得我
　　　的处境比套在脚镣里的叛变的水手还要难堪。我们应
　　　该知道，我们乘着一时的孟浪，往往反而可以做出一
　　　些为我们的深谋密虑所做不成功的事；从这一点上，
　　　我们可以看出来，无论我们怎样辛苦图谋，我们的结
　　　果却早已有一种冥冥中的力量把它布置好了。

霍　　这是无可置疑的。

汉　　从我的舱里起来，一件航海的宽衣罩在我的身上，
　　　我在黑暗之中摸索着找寻他们的所在，果然给我达
　　　到目的，摸到了他们的包裹，拿着它回到我自己的
　　　地方；疑心使我忘记了礼貌，我大胆地拆开了他
　　　们的公文，在那里面，霍拉旭，——啊，堂皇的诡

计！——我发现一道切实的命令，借了许多好听的
理由为名，掩藏着狰狞丑恶的鬼蜮的面貌，说是为
了丹麦和英国双方的利益，必须不等磨好利斧，立
即枭下我的首级。

霍　有这等事？

汉　这一封就是原来的国书；你有空的时候可以仔细读
一下。可是你愿意听我告诉你后来我怎么办吗？

霍　请您告诉我。

汉　在这样重重诡计的包围之中，我的脑筋不等我定下
心来思索，就开始活动起来了；我坐下来另外写了一
通官样文章的国书。从前我曾经抱着跟我们那些政治
家们同样的意见，认为文章写得好是一件有失体面的
事，总是想竭力忘记这一种学问，可是现在它却对我
有了大大的用处。你要知道我写些什么话吗？

霍　嗯，殿下。

汉　我用国王的名义，向英王提出恳切的要求，因为英
国是他忠心的藩属，因为两国之间的友谊，必须让
它像棕榈树一样发荣繁茂，因为和平的女神必须永
远戴着他的荣冠，沟通彼此的情感，以及许许多多

诸如此类的重要理由，请他在读完这一封信以后，
不要有任何的迟延，立刻把那两个传书的来使处死，
不让他们有从容忏悔的时间。

霍 可是国书上没有盖印，那怎么办呢？

汉 啊，就在这件事上，也可以看出一切都是上天预先
注定。我的衣袋里恰巧藏着我父亲的私印，它跟丹
麦的国玺是一个式样的；我把伪造的国书照着原来
的样子折好，签上名字，盖上印玺，把它小心封好，
归还原处，一点不露出破绽。下一天就遇见了海盗，
那以后的情形，你早已知道了。

霍 这样说来，基腾史登和罗森克兰滋是去送死的了。

汉 哎，朋友，他们本来是自己钻求这件差使的；我在
良心上没有对不起他们的地方，是他们自己的阿谀
献媚断送了他们的生命。两个强敌猛烈争斗的时候，
不自量力的微弱之辈，却去插身在他们的中间，这
样的事情是最危险不过的。

霍 嘿，这是一个什么国王！

汉 你想，我是不是应该——他杀死了我的父王，奸污
了我的母亲，篡夺了我的嗣位的权利，用这种诡计

谋害我的生命，凭良心说我是不是应该亲手向他复仇雪恨？上天会不会嘉许我替世上剪除这一个戕害天性的蟊贼，不让他继续为非作恶？

霍　　他不久就会从英国得到消息，知道这一回事情产生了怎样的结果。

汉　　时间虽然很局促，可是我已经抓住眼前这一刻功夫；一个人的生命可以在说一个"一"字的一刹那之间了结。可是我很后悔，好霍拉旭，不该在勒替斯之前失去了自制；因为他所遭遇的惨痛，正是我自己的怨愤的影子。我要取得他的好感。可是他倘不是那样夸大他的悲哀，我也决不会动起那么大的火性来的。

霍　　不要作声！谁来了？

【奥斯力克上。

奥　　殿下，欢迎您回到丹麦来！

汉　　谢谢您，先生。（向霍旁白）你认识这头水苍蝇吗？

霍　　（向汉旁白）不，殿下。

汉　（向霍旁白）那是你的运气，因为认识他是一件丢脸的事。他有许多肥田美壤；要是一头畜生做了万兽之王，他也会在御座之前低头吃草。他是个满身泥土气的伧夫。

奥　殿下，您要是有空的话，我奉陛下之命，要来告诉您一件事情。

汉　先生，我愿意恭聆大教。您的帽子是应该戴在头上的，您还是戴上去吧。

奥　谢谢殿下，天气真热。

汉　不，相信我，天冷得很，在吹北风哩。

奥　真的有点儿冷，殿下。

汉　可是对于像我这样的体质，我觉得这一种天气却是闷热得利害。

奥　对了，殿下；真是说不出来的闷热。可是，殿下，陛下叫我来通知您一声，他已经为您下了一个很大的赌注了。殿下，事情是这样的，——

汉　请您不要忘记了您的帽子。

奥　不，殿下，我还是这样舒服些，真的。殿下，勒替斯新近到我们的宫庭里来；相信我，他是一位完善的绅士，充满着最卓越的特点，他的礼貌非常温雅，他的谈吐又是非常渊博；说一句发自衷心的话，他是上流社会的南针，因为在他身上可以找到一个绅士所应有的品性的总汇。

汉　先生，他对于您这一番描写，的确可以当之无愧；虽然我知道，要是把他的好处一件一件列举出来，不但我们的记忆将要因此而淆乱，交不出一篇正确的账目来，而且他这一艘满帆的快船，也决不是我们失舵之舟所能追；可是，凭着真诚的赞美而言，我认为他是一个才德优异的人，他的高超的禀赋是那样希有而罕见，说一句真心的话，除了在他的镜子里以外，再也找不到第二个跟他同样的人，纷纷追踪希迹之辈，不过是他的影子而已。

奥　殿下把他说得一点不错。

汉　您的用意呢？为什么我们要用尘俗的呼吸，嘘在这位绅士的身上呢？

奥　殿下？

霍　就是您自己所用的语言，到了别人嘴里，您就听不懂了吗？

汉　　您向我提起这位绅士的名字，有什么目的？

奥　　勒替斯吗？

霍　　他的嘴里已经变得空空洞洞，因为他的那些好听话
　　　都说完了。

汉　　正是勒替斯。

奥　　我知道您不是不知道——

汉　　您既然知道，那就很好；虽然即使您不知道对我也
　　　没有什么不好。好，您怎么说？

奥　　您不是不知道勒替斯有些什么特长，——

汉　　那我可不敢说，因为也许人家会疑心我有意跟他比
　　　并高下；可是要知道一个人的底细，应该先知道他
　　　自己。

奥　　殿下，我的意思是说他的武艺；人家都称赞他的本
　　　领一时无两。

汉　　他会使些什么武器？

奥　　长剑和短刀。

汉　　他会使这两种武器吗？很好。

奥　　殿下，王上已经用六匹巴巴利的骏马跟他打赌；在
　　　他的一方面，照我所知道的，是六柄法国的宝剑和

好刀，连同一切鞘带之类的附件，其中有三柄的革
缓尤其珍奇可爱，跟剑柄配得非常合式，式样非常
精致，花纹非常富丽。

汉　您所说的革缓是什么东西？

霍　我知道您要听懂他的说话，非得翻查一下注解不可。

奥　殿下，革缓就是剑柄上的皮带。

汉　好，说下去；六匹巴巴利骏马对六柄法国宝剑，附
件在内，外加三条花纹富丽的革缓。为什么两方面
要下这样的赌注呢？

奥　殿下，王上跟他打赌，要是你们两人交手起来，在
十二个回合之中，他至多不过有三个回合占到您的
上风；殿下要是答应的话，马上就可以试一试。

汉　要是我不答应呢？

奥　殿下，我的意思是说，王上要请您去跟他当面比较
高低。

汉　先生，我还要在这儿厅堂里散步散步。您去回陛下
说，现在是我一天之中休息的时间。叫他们把比赛
用的钝剑预备好了，要是这位绅士愿意，王上也不
改变他的意见的话，我愿意尽力为他博取一次胜利；

万一不幸失败，那我也不过丢了一次脸，给他多剃了两下。

奥 我就是照这样去回话吗？

汉 您就照这个意思去说，随便您再加上一些什么花巧的句子都行。

奥 那么，殿下，我告辞了。

汉 再见，再见。（奥下）

霍 这一头小鸭子顶着壳儿逃走了。

汉 他在母亲怀抱里的时候，也要先把他母亲的乳头恭维了几句，然后吮吸。像他这一类靠着一些繁文缛礼撑撑场面的家伙，正是愚妄的世人所醉心的；他们的浅薄的牙慧使傻瓜和聪明人同样受他们的欺骗，可是一经试验，他们的水泡就爆破了。

【一贵族上。

贵族 殿下，陛下刚才叫奥斯力克来向您传话，知道您在这儿厅上等候他的旨意；他叫我再来问您一声，您是不是仍旧愿意跟勒替斯比剑，还是慢慢再说。

汉	我没有改变我的初心，一切服从王上的旨意。现在也好，无论什么时候都好，只要他方便，我总是随时准备着，除非我丧失了现在所有的力气。
贵族	王上，娘娘，跟其他的人都要到这儿来了。
汉	他们来得正好。
贵族	娘娘请您在开始比赛以前，对勒替斯客气点儿。
汉	我愿意服从她的教诲。（贵族下）
霍	殿下，您在这一回打赌中间，多分要失败的。
汉	我想我不会失败。自从他到法国去了以后，我练习得很勤；我一定可以把他打败。可是你不知道我的心里是多么不舒服；那也不用说了。
霍	啊，我的好殿下，——
汉	那不过是一种傻气的心理；可是一个女人也许会因为这种莫明其妙的疑虑而惶惑。
霍	要是您心里不愿意做一件事，那么就不要做吧。我可以去通知他们不用到这儿来，说您现在不能比赛。
汉	不，我们不要害怕什么预兆；一头雀子的死生，都是命运预先注定的。注定在今天，就不会是明天；不是明天，就是今天；逃过了今天，明天还是逃不了，

随时准备着就是了。一个人既然不知道他会留下些什么，那么早早脱身而去，不是好吗？随它去。

【国王，王后，勒替斯，众贵族，奥斯力克，及侍从等持钝剑等上。

王　　来，汉姆莱脱，来，让我替你们两人和解和解。（牵勒、汉二人使相握）

汉　　原谅我，勒替斯；我得罪了你，可是你是个堂堂男子，请你原谅我吧。这儿在场的众人都知道，你也一定听见人家说起，我是怎样为疯狂所害苦。凡是我的所作所为，足以伤害你的感情和荣誉，挑起你的愤激来的，我现在声明都是我在疯狂中犯下的过失。难道汉姆莱脱会做对不起勒替斯的事吗？汉姆莱脱决不会做这种事。要是汉姆莱脱在丧失他自己的心神的时候，做了对不起勒替斯的事，那样的事不是汉姆莱脱做的，汉姆莱脱不能承认。那么是谁做的呢？是他的疯狂。既然是这样，那么汉姆莱脱也是属于受害的一方，他的疯狂是可怜的汉姆莱脱的敌人。当着在座众人之前，我承认我在无心中射出的箭，误伤了我的兄弟；我现在要向他请求大度包涵，宽恕我的不是出于故意的罪恶。

勒 我的气愤虽然已经平息，可是几句道歉的说话，却不能使我抛弃我的复仇的誓愿；除非有什么为众人所敬仰的长者，告诉我可以跟你捐除宿怨，指出这样的事是有前例可援的，不至于损害我的名誉，那时我才可以跟你归言于好。可是现在我愿意抛弃一切的疑猜，诚心接受你的友好的表示。

汉 我绝对信任你的诚意，愿意奉陪你举行这一次友谊的比赛。把钝剑给我们。来。

勒 来，给我一柄。

汉 勒替斯，我的剑术荒疏已久，不是你的对手；正像最黑暗的夜里一颗吐耀的明星一般，彼此相形之下，一定更显得你的本领的高强。

勒 殿下不要取笑。

汉 不，我可以举手起誓，这不是取笑。

王 奥斯力克，把钝剑分给他们。汉姆莱脱侄儿，你知道我们怎样打赌吗？

汉　　我知道，陛下；您把赌注下在实力较弱的一方了。

王　　我想我的判断不会有错。你们两人的技术我都领教
　　　过；现在我们不过要看看他比从前进步得怎么样。

勒　　这一柄太重了；换一柄给我。

汉　　这一柄我很满意。这些钝剑都是同样长短的吗？

奥　　是，殿下。（二人准备比赛）

王　　替我在那桌子上斟下几杯酒。要是汉姆莱脱击中了
　　　第一剑或是第二剑，或者在第三次交锋的时候争得
　　　上风，让所有的碉堡上一齐鸣起炮来；国王将要饮
　　　酒慰劳汉姆莱脱，他还要拿一颗比丹麦四代国王戴
　　　在王冠上的更贵重的珍珠丢在酒杯里。把杯子给我；
　　　鼓声一起，喇叭就接着吹响，通知外面的炮手，让
　　　炮声震彻天地，报告这一个消息，"现在国王为汉
　　　姆莱脱祝饮了！"来，开始比赛吧；你们在场裁判
　　　的都要留心看好。

汉　　请了。

勒　　请了，殿下。（二人比赛）

汉　　一剑。

勒　　不，没有击中。

汉　　请裁判员公断。

奥　　中了，很明显的一剑。

勒　　好；再来。

王　　且慢；拿酒来。汉姆莱脱，这一颗珍珠是你的；祝
　　　你健康！把这一杯酒给他。（喇叭齐奏；内鸣炮）

汉　　让我先赛完这一局；暂时把它放在一旁。来。（二
　　　人比赛）又是一剑；你怎么说？

勒　　我承认给你碰着了。

王　　我们的孩子一定会胜利。

后　　他身体太胖，有些喘不过气来。来，汉姆莱脱，把
　　　我的手巾拿去，揩干你额上的汗。王后为你饮下这
　　　一杯酒，祝你的胜利了，汉姆莱脱。

汉　　好妈妈！

王　　葛特露，不要喝。

后　　我要喝的，陛下；请您原谅我。

王　　（旁白）这一杯酒里有毒；太迟了！

汉　　母亲，我现在还不敢喝酒；等一等再喝吧。

后　　来，让我揩揩干净你的脸孔。

勒　　陛下，现在我一定要击中他了。

王　　我怕你击不中他。

勒　　（旁白）可是我的良心却不赞成我干这件事。

汉　　来，再受我一剑，勒替斯。你怎么一点不上劲的？请
　　　你使出你的全身本领来吧；我怕你在开我的玩笑哩。

勒　　你这样说吗？来。（二人比赛）

奥　　两边都没有中。

勒　　受我这一剑！（勒挺剑刺伤汉；二人在争夺中彼此
　　　手中之剑各为对方夺去，汉以夺来之剑刺勒，勒亦
　　　受伤。）

王　　分开他们！他们动起火性来了。

汉　　来，再试一下。（后倒地）

奥　　嗳哟，瞧王后怎么样啦！

霍　　他们两人都在流血。您怎么啦，殿下？

奥　　您怎么啦，勒替斯？

勒　　唉，奥斯力克，正像一头自投罗网的山鹬，我用诡
　　　计害人，反而害了自己，这也是我应得的报应。

汉　　王后怎么样啦？

王　　她看见他们流血，昏了过去了。

后　　不，不，那杯酒，那杯酒，—— 啊，我的亲爱的汉

姆莱脱！那杯酒，那杯酒；我中毒了。（死）

汉　啊，奸恶的阴谋！喂！把门锁上了！阴谋！查出来
　　是那一个人干的。（勒倒地）

勒　凶手就在这儿，汉姆莱脱。汉姆莱脱，你已经不能
　　活命了；世上没有一种药可以救治你，不到半小时，
　　你就要死去。那杀人的凶器就在你的手里，它的锋
　　利的刃上还涂着毒药。这奸恶的诡计已经回转来害
　　了我自己；瞧！我躺在这儿，再也不会站起来了。
　　你的母亲也中了毒。我说不下去了。国王，——国
　　王，——都是他一个人的罪恶。

汉　锋利的刃上还涂着毒药！——好，毒药，发挥你的
　　力量吧！（刺王）

众　反了！反了！

王　啊！帮帮我，朋友们，我不过受了点伤。

汉　好，你这败坏伦常，嗜杀贪淫，万恶不赦的丹麦奸
　　王！喝干了这杯毒药；——你那颗珍珠是在这儿
　　吗？——跟我的母亲一道去吧！（王死）

勒　他死得应该；这毒药是他亲手调下的。尊贵的汉姆
　　莱脱，让我们互相宽恕；我不怪你杀死我和我的父

亲，你也不要怪我杀死你！（死）

汉　　愿上天赦免你的错误！我也跟你来了。我死了，霍拉旭。不幸的王后，别了！你们这些看见这一幕意外的惨变而战栗失色的无言的观众，倘不是因为死神的拘捕不给人片刻的留滞，啊！我可以告诉你们——可是随它去吧。霍拉旭，我死了，你还活在世上；请你把我的行事的始末根由昭告世人，解除他们的疑惑。

霍　　不，我虽然是个丹麦人，可是在精神上我却更是个古代的罗马人；这儿还留剩着一些毒药。

汉　　你是个汉子，把那杯子给我；放手；凭着上天起誓，你必须把它给我。啊，上帝！霍拉旭我一死之后，要是世人不明白这一切事情的真相，我的名誉将要永远蒙着怎样的损伤！你倘然爱我，请你暂时牺牲一下天堂上的幸福，留在这一个冷酷的世间，替我传述我的故事吧。（内军队自远处行进及鸣炮声）这是那儿来的战场上的声音？

奥　　年青的福丁勃拉斯从波兰奏凯班师，这是他对英国来的钦使所发的礼炮。

汉　　啊！我死了，霍拉旭；猛烈的毒药已经克服了我的
　　　精神，我不能活着听见英国来的消息。可是我可以
　　　预言福丁勃拉斯将被推戴为王，他已经得到我这临
　　　死之人的同意；你可以把这儿所发生的一切事实告
　　　诉他。此外惟余沉默。（死）

霍　　一颗高贵的心现在碎裂了！晚安，亲爱的王子，愿
　　　成群的天使们用歌唱抚慰你安息！——为什么鼓声
　　　越来越近了？（内军队行进声）

【福丁勃拉斯，英国使臣，及余人等上。

福　　这一场比赛在什么地方举行？

霍　　你们要看些什么？要是你们想知道一些惊人的惨
　　　事，那么不用再到别处找了。

福　　好一场惊心动魄的屠杀！啊，骄傲的死神！你用这
　　　样残忍的手腕，一下子杀死了这许多王裔贵胄，在
　　　你的永久的幽窟里，将要有一席多么丰美的盛筵！

甲使　这一个景象太惨了。我们从英国奉命来此，本来是
　　　要回复这儿的王上，告诉他我们已经遵从他的命令，

把罗森克兰滋和基腾史登两人处死；不幸我们来迟了一步，那应该听我们说话的耳朵已经没有知觉了，我们还希望从谁的嘴里得到一声感谢呢？

霍　即使他能够向你们开口说话，他也不会感谢你们；他从来不曾命令你们把他们处死。可是既然你们来得都是这样凑巧，有的刚从波兰回来，有的刚从英国到来，恰好看见这一幕流血的惨剧，那么请你们叫人把这几个尸体抬起来放在高台上面，让大家可以看见，让我向那懵无所知的世人报告这些事情的发生经过；你们可以听到奸淫残杀，反常背理的行为，冥冥中的判决，意外的屠戮，借手杀人的狡计，以及陷人自害的结局：这一切我都可以确确实实地告诉你们。

福　让我们赶快听你说；所有最尊贵的人，都叫他们一起来吧。我在这一个国内本来也有继承王位的权利，现在国中无主，正是我要求这一个权利的机会；可是我虽然准备接受我的幸运，我的心里却充满了悲哀。

霍　关于那一点，我受死者的嘱托，也有一句话要说，他的意见是可以影响许多人的；可是在这人心惶惶的时候，让我还是先把这一切解释明白了，免得引起更多的不幸，阴谋，和错误来。

福 让四个将士把汉姆莱脱像一个军人似的扛到台上，因为要是他能够践登王位，一定会成为一个贤明的君主的；为了表示对他的悲悼，我们要用军乐和战地的仪式，向他致敬。把这些尸体一起扛起来。这一种情形在战场上是不足为奇的，可是在宫庭之内，却是非常的变故。去，叫兵士放起炮来。（奏丧礼进行曲；众异尸同下；鸣炮）

附

录

关于"原译本"的说明

文 / 朱尚刚

朱生豪从 1935 年做准备工作开始，历时近十年，完成了 31 部莎剧的翻译工作，虽然最终未能译完全部莎翁剧作，但已经为将这位世界文坛巨匠介绍给中国人民做出了卓越的贡献。朱生豪译莎以"保持原作之神韵"为首要宗旨，他的译作也的确实现了这个宗旨，至今仍受到读者的欢迎和学界的高度评价。

朱生豪的译莎工作是在贫病交加、极端困难的情况下进行的。日本侵略者的炮火两度摧毁了他已经完成的几乎全部译稿和辛苦搜集起来的各种莎剧版本、注释本和大量参考资料，在最后为译莎而以命相搏的时候，手头"仅有的工具书，只是两本词典——牛津词典和英汉四用辞典。既无其他可以参考的书籍，更没有可以探讨质疑的师友"。而且他当时毕竟还是一个阅历不深的年轻人，虽然有着出众的才华，然而翻译作品中存在各种各样的缺陷和疏漏是完全可以想象的。

朱生豪的遗译最早于 1947 年由世界书局出版（收入除历史剧外的剧本 27 种），以后于 1954 年由作家出版社出版了包括全部朱生豪译作的《莎士比亚戏剧集》。上世纪60年代初期，人民文学出版社组织了一批国内一流的专家对朱译莎剧进行校订和补译，原打算在1964年纪念莎翁400周年诞辰时出版完整的《莎士比亚全集》，后因各种原因一直到1978年才得以问世。

《莎士比亚全集》的出版，是我国一代莎学大师通力合作取得的划时代的成就。经校订的朱译莎剧，在很大程度上纠正了原译本因各种主客观原因而产生的缺陷和疏漏，并体现了当时在英语语言和莎学研究上的新成果，是对朱生豪译莎事业的进一步提升和完善。我对这一代莎学前辈们的努力表示真挚的感谢和崇高的敬意！

上世纪九十年代后期，为反映新时代语言的发展和新的学术成果，译林出版社再次组织专家进行了对朱译莎剧的校订，并出版了新的校订本。

校订过程中除了对一些理解或表达方面的缺疵进行修改外，反映较多的是原译本中"漏译"的内容。实际上我相信朱生豪真正因为"疏忽"而漏译的情况即使不是绝对没有，也应该是极少的。我估计，有些地方可能是因为当时的客观条件实在太差，有些地方实在难以理解又没有任何资料可以查考，因此在不影响剧本相对顺畅性的前提下只能跳过去了。

而更多的情况下是有些内容和说法似乎有点"不雅",朱生豪出于中国传统的思维习惯,就把这些"不雅"的东西删去了。这种做法是否合适是有待商榷的,但也在一定程度上反映了那个特定的时代,特定的阶层,特定的译者的思维方式和特征。

莎士比亚的话题是说不尽的,同样,对莎士比亚的翻译和研究也是说不尽的。经校订的朱译莎剧无疑是对原译稿的改善,但从某种意义上来说,校订者和原译者的思维定式和语言习惯难免有所不同,因此也有读者感到经校订后的译文在语言风格的一致性等方面受到了影响,还有学者对某些修改之处也提出存疑。这些也是很正常的现象,再好的校订本也需要在实践和历史中经受检验,进一步地"校订"和完善。

也是出于这样的考虑,社会上对未经"校订"的朱生豪原译本也产生了相当的兴趣,希望能看到完全体现朱生豪翻译风格,能反映那个时代的语言习惯和学术水平的原译本,看到一个本色的朱生豪译本(包括他的错漏之处)。这在我们这个多元化的社会中应该是一个合理的希求。这次中国青年出版社出版这套原译本系列,正是顺应了这样一种需求,并借此来表达对我的父亲——朱生豪诞辰 100 周年的纪念之情。我对此表示真挚的谢意!

译者自序

（原文收录于1947年版《莎士比亚戏剧全集》）

　　于世界文学史中，足以笼罩一世，凌越千古，卓然为词坛之宗匠，诗人之冠冕者，其唯希腊之荷马，意大利之但丁，英之莎士比亚，德之歌德乎。此四子者，各于其不同之时代及环境中，发为不朽之歌声。然荷马史诗中之英雄，既与吾人之现实生活相去过远；但丁之天堂地狱，复与近代思想诸多抵牾；歌德去吾人较近，彼实为近代精神之卓越的代表。然以超脱时空限制一点而论，则莎士比亚之成就，实远在三子之上。盖莎翁笔下之人物，虽多为古代之贵族阶级，然彼所发掘者，实为古今中外贵贱贫富人人所同具之人性。故虽经三百余年以后，不仅其书为全世界文学之士所耽读，其剧本且在各国舞台与银幕上历久搬演而弗衰，盖由其作品中具有永久性与普遍性，故能深入人心如此耳。

　　中国读者耳莎翁大名已久，文坛知名之士，亦尝将其作品，译出多种，然历观坊间各译本，失之于粗疏草率者尚少，失之于拘泥生硬者实繁有徒。拘泥字句之结果，不仅原作神味，荡焉无存，甚且艰深晦涩，有若天书，令人不能卒读，此则译者之过，莎翁不能任其咎者也。

余笃嗜莎剧，尝首尾研诵全集至十余遍，于原作精神，自觉颇有会心。廿四年春，得前辈同事詹文浒先生之鼓励，始着手为翻绎全集之尝试。越年战事发生，历年来辛苦搜集之各种莎集版本，及诸家注释考证批评之书，不下一二百册，悉数毁于炮火，仓卒中惟携出牛津版全集一册，及译稿数本而已。厥后转辗流徙，为生活而奔波，更无暇晷，以续未竟之志。及三十一年春，目观世变日亟，闭户家居，摈绝外务，始得专心壹志，致力译事。虽贫穷疾病，交相煎迫，而埋头伏案，握管不辍。凡前后历十年而全稿完成，（案译者撰此文时，原拟在半年后可以译竟。讵意体力不支，厥功未就，而因病重辍笔）夫以译莎工作之艰巨，十年之功，不可云久，然毕生精力，殆已尽注于兹矣。

余译此书之宗旨，第一在求于最大可能之范围内，保持原作之神韵；必不得已而求其次，亦必以明白晓畅之字句，忠实传达原文之意趣；而于逐字逐句对照式之硬译，则未敢赞同。凡遇原文中与中国语法不合之处，往往再四咀嚼，不惜全部更易原文之结构，务使作者之命意豁然呈露，不为晦涩之字句所掩蔽。每译一段竟，必先自拟为读者，察阅译文中有无暧昧不明之处。又必自拟为舞台上之演员，审辨语调之是否顺口，音节之是否调和。一字一句之未惬，往往苦思累日。然才力所限，未能尽符理想；乡居僻陋，既无参考之书籍，又鲜质疑之师友。谬误之处，自知不免。所望海内学人，惠予纠正，幸甚幸甚！

　　原文全集在编次方面，不甚惬当，兹特依据各剧性质，分为"喜剧"、"悲剧"、"杂剧"、"史剧"四辑，每辑各自成一系统。读者循是以求，不难获见莎翁作品之全貌。昔卡莱尔尝云，"吾人宁失百印度，不愿失一莎士比亚。"夫莎士比亚为世界的诗人，固非一国所可独占；倘因此集之出版，使此大诗人之作品，得以普及中国读者之间，则译者之劳力，庶几不为虚掷矣。知我罪我，惟在读者。

　　　　　　　　　　　　　生豪书于三十三年四月。

图书在版编目（CIP）数据

汉姆莱脱 / （英）莎士比亚（Shakespeare,W.）著；
朱生豪译. —北京：中国青年出版社，2012.4
（新青年文库·莎士比亚戏剧朱生豪原译本全集）
ISBN 978-7-5153-0594-3

I. ①汉… II. ①莎… ②朱… III. ①悲剧–剧本–英国–中世纪
IV. ① I561.33

中国版本图书馆 CIP 数据核字（2012）第 028846 号

书　　名：汉姆莱脱
著　　者：【英】莎士比亚
译　　者：朱生豪
审　　订：朱尚刚
责任编辑：庄庸　王昕
特约策划：张瑞霞
出版发行：中国青年出版社
社　　址：北京东四十二条 21 号
邮政编码：100708
网　　址：www.cyp.com.cn
门 市 部：（010）57350370
印　　刷：三河市君旺印刷厂
经　　销：新华书店

开　　本：787×1092　1/32
印　　张：6.875
字　　数：150 千字
版　　次：2013 年 3 月北京第 1 版印刷
印　　次：2013 年 6 月河北第 2 次印刷
印　　数：3,001–6,000 册
定　　价：19.80 元

本图书如有印装质量问题，请凭购书发票与质检部联系调换
联系电话：（010）57350337